사랑한다는 말은
언제라도 늦지 않다

사랑한다는 말은
언제라도 늦지 않다

1판 1쇄 인쇄 2020. 10. 26.
1판 1쇄 발행 2020. 11. 1.

지은이 김재진

발행인 고세규
편집 임지숙 디자인 박주희 마케팅 김새로미 홍보 박은경
발행처 김영사
등록 1979년 5월 17일 (제406-2003-036호)
주소 경기도 파주시 문발로 197(문발동) 우편번호 10881
전화 마케팅부 031)955-3100, 편집부 031)955-3200, 팩스 031)955-3111

값은 뒤표지에 있습니다.
ISBN 978-89-349-9048-2 03810

홈페이지 www.gimmyoung.com 블로그 blog.naver.com/gybook
페이스북 facebook.com/gybooks 이메일 bestbook@gimmyoung.com

좋은 독자가 좋은 책을 만듭니다.
김영사는 독자 여러분의 의견에 항상 귀 기울이고 있습니다.

김재진 산문집

사랑한다는 말은 언제라도 늦지 않다

김영사

With Love,

Nothing is impossible

작가의 말

우리는 이 세상 어디에 있건 휴대폰에 박힌 숫자 몇 개에 의해 호출된다. 모든 것은 다 연결되어 있다. 광활하지만 한편으로 너무나 좁은 세상에서 우리는 힘들게 살고 있다. 아무 이유도 없는 그 연결에서 빠져나올 수 있는 길은 스스로 마음을 닫는 길뿐이다. 마음의 문을 닫고, 빗장을 걸고, 쥐고 있어봐야 손만 아플 뿐인 쓸모없는 것들을 하나씩 내려놓고 꼭 필요한 것만 챙기며 살려고 애쓴다. 완전한 노력이란 무엇을 얻기 위한 것이 아니라 쓸모없는 것들을 버리기 위한 것이다. 설령 100만 명이 넘는 팔로어를 보유하고 있다 해도 나머지 수십억의 인류가 나라는 존재에 관심이 없다는 사실을 알고 있는 사람은 꿈틀거리는 욕망에 묶이지 않는다. 그러나 우주가 주는 행운을 내 삶 속으로 가져오기 위해서는 만나는 인연 하나하나를 소중하게 여겨야 한다. 우연히 만난 사람, 우연히 스친 사건 하나가 내 인생에 행운의 연결고리가 된다. 우연히 이 책을 읽게 된, 넓지만 이토록 좁은 세상에서 아직 만나지 못한 독자들께 감사와 축복을 보낸다.

차례

3

우리는 각자의 언어로
인생을 노래한다

4

사랑은 이 순간
진심을 다하는 것이다

1

지금 그 자리에 있어서 고맙다

애정의 눈
하나

한밤에 내놓은 길냥이 먹이가 깨끗이 없어졌다. 육식동물인 녀석들이 먹기엔 기름기가 부족하지 않을까 걱정했는데, 그릇을 싹 비워주니 고마울 따름이다. 받아서 고마운 것이 아니라 주면서 고마움을 느낀다니 인간의 마음이란 참으로 알다가도 모르겠다.

먹어줘서 고맙다. 그러나 차가운 겨울이라 먹이 찾기가 쉽지 않을 녀석들이 굴러 들어온 한 끼를 마다할 이유가 있겠는가. 식욕이 떨어진 탓도 있겠지만, 일용할 양식을 고양이나 새들의 끼니로 제공하는 것에 점점 재미가 붙는다. 하늘을 날아다니는 새들이야 늘 부러운 대상이지만, 성가시게 여기던 길냥이에게 애틋한 마음이 생긴 것은 순전히 지인 덕분이다. 유난히 고양이를 사랑하는 그로 인해 집 없는 것에 대해 연민이 생긴 것이다. 지인에 대한 애정이 측은지심을 낳았으니 사랑하면 모든 것이 달라지는 모양이다.

누군가와 가까워지면 그 사람이 아끼는 것에 대해서도 다른 눈이 생긴다. 사랑하면 보이지 않던 것이 보이는 법. 요즘 말로 하면, 누군가를 애정할 경우엔 그 누군가가 애정하는 것에 대해서도 눈 하나가 더 생기는 것이다. 생명 있는 것뿐만이 아니다. 사물도 마찬가지이다.

언젠가 지방에 있던 친구가 외국에 나가면서 자동차를 내 작업실 앞에 두고 간 적이 있다. 아침에 나갔다가 저녁에야 작업실로 돌아오던 나는 문 앞에 서 있는 친구의 자동차를 볼 때마다 집에 불이 켜진 듯한 느낌을 받았다. 깜깜하던 공간이 환해지고, 누가 마중이라도 나온 것처럼 반가운 마음에 집 잘 지키고 있었냐고 묻기라도 하듯 손가락으로 톡톡 자동차를 두드린 뒤 실내로 들어가곤 했다. 생명 없는 자동차 한 대가 갑자기 온기를 만들어낸 것이다. 텅 비어 외롭던 밤의 공간에 아는 이의 손때 묻은 사물 하나가 갑자기 따뜻한 온기를 불어넣은 것이다.

사랑이란 사물에 온기를 불어넣는 것이다. 사랑이란 함께 타는 말과 같아서 달려도 같이 달리고 멈춰도 같이 멈춘다. 그 사람이 말 없으면 어디가 아픈가 걱정되고, 그 사람이 찌푸리면 무슨 언짢은 일이 있나 싶어 따라서 눈살을 찌푸리고, 그 사람이 눈물을 흘리면 안절부절못한다. 그러다가 활짝 웃는 모습을 보면 덩달아 웃게 된다.

함께 페달을 밟으며 타는 자전거처럼 사랑이란 그와 내가 함께 오르는 언덕길 같다.

시인의 나무

우리는 지금 시인이 너무 흔한 시대에 살고 있다. 세 사람 건너 한 사람이 시인이라는 말까지 있다. 그래서 그게 나쁘다는 것인가 하고 되묻는 이도 있다. 스스로 시인이라 여기는 한 친구가 "시 낭송회나 강연회 같은 곳에 가보면 독자는 없고 시인만 있다"라고 하는 말을 들은 적이 있다. 다소 자조적이던 그의 말은 결코 시인이 많아서 좋다는 뜻은 아니었다.

인도의 스승 오쇼 라즈니쉬는 "시인이란 세속적인 사람들이 알 수 없는 부富를 알고 있는 사람"이라 했다. 그가 말하는 부란 사랑과 진리의 다른 이름이라 할 수 있는데, 그것이 유독 시인에게만 모습을 드러낸다는 것이다.

그토록 대단한 존재가 시인이다. 그렇게 대단한 존재가 늘어난다니 그걸 꼭 나쁘다고 하고 싶진 않다. 그런데 여기서 라즈니쉬가 말하는 시인이란 과연 어떤 사람을 가리키는 것인지 돌아볼 필요가 있다. 그가 시인이 되기 위해 꼭 시를 써야 하는 것은 아니라고 말하기 때문이다.

"단 한 줄의 시를 쓰지 않았다 해도 시인인 사람이 있는가 하면, 수천 편의 시를 썼다 해도 시인 아닌 사람이 있다. 시인이 되는 것은 삶을 살아가는 한 방법이다. 삶을 사랑하고, 삶에 대한 경외심을 가지며, 삶과 진실한 관계를 맺는 사람이 시인이다."

이쯤 되면 라즈니쉬가 말하는 시인이 어떤 존재를 일컫는지 짐작이 간다. 그는 문자로 된 시를 쓰는 차원을 넘어 시적인 삶을 살아가는 사람을 시인이라 부르고 있는 것이다. 그렇다면 내가 만난 시인들 중에 정말 시인이라고 부를 수 있는 사람은 몇이나 될까? 선뜻 이름이 떠오르지 않는 것은 왜일까?

어쩌면 시 같은 것과는 상관없이 살아가는 평범한 사람 중에 진짜 시인이 있는 것인지도 모른다. 시인이라는 이름으로 글을 쓰고, 책을 내다 보면 미안할 때가 있다. 세상에 별로 도움도 안 되는 책 한 권을 내기 위해 애꿎은 나무가 잘려 나가야 하기 때문이다. 어렵게 펴낸 책이 아무런 반응도 얻지 못하고 서점의 한쪽 구석에 꽂히고 말 때면 도대체 왜 책을 내려고 하는지 스스로 한심스러울 때도 있다. 문맹률이 높은 인도 같은 나라의 경우, 어떻게 보면 그 높은 문맹률이 자연을 위해선 다행스러운 일인지도 모른다. 그 많은 인도 사람이 모두 글자를 깨쳐 책을 읽고 또 쓰려고 한다면 지상의 나무가 남아나기 힘들 테니까.

나무를 베어야 하는 책을 펴내려 애쓰기보다 라즈니쉬의 말처럼 세상과 진실한 관계를 맺는 사람이 되려고 애써야 할 것 같다. 내가 쓰는 이 책이 한 그루 나무의 생명만큼 가치 있는 것이라 어찌 말할 수 있겠는가.

어느새 봄이 가운데로 들어서고 있다. 벚꽃은 이미 지고, 새로운 꽃 소식이 들려온다. 마당에 있는 인동초가 피면 그 향기에 취해 보낼 날들을 기다린다. 혹한을 지나 들려오는 꽃 소식이야말로 한 편의 시가 아니겠는가. 메마른 가지마다 생명을 싹틔우는 봄이 진짜 시인이다.

반짝이는 것은 다 혼자다

눈물이 떨어지듯 후두득 별이 떨어진다. 장대로 휘젓기만 해도 떨어질 것처럼 지천으로 깔려 있는 별. 오대산 산중에서 보는 밤하늘은 그야말로 무공해 별 천지다. 별 사이로 간신히 보이는 밤하늘의 청정함은 깨끗하다 못해 서늘하다.

오대산 산중이건 히말라야 산중이건 총총한 별을 보면 어릴 적 생각이 난다. 별을 끝없이 세며 누워 있던 노천에서의 그 잠들지 못하던 밤들. 쏴아쏴아 바람에 물결치는 소리를 내는 미루나무 끝에 매달려 있던 그 많은 별들은 다 어디로 갔을까?

별을 보면 외로운 마음이 든다. 상상할 수 없이 먼 거리를 지나 인간의 눈에 닿은 별빛의 그 고독한 여행을 생각하면 내가 사는 지구라는 별이 바다의 섬처럼 외롭게 느껴진다. 별똥별이 쏟아지는 광활한 우주 어딘가에 홀로 서 있는 듯한 고독감이 가슴을 싸하게 만든다. 시공을 초월하는 긴긴 여행 끝에 마침내 인간의 눈에 다다른 별빛의 그 외로운 행로가 마음을 흔들어놓는 것이다.

히말라야의 작은 왕국 부탄에서 만난 별 생각이 난다. 수도인 팀푸를 떠난 자동차는 바퀴의 끝과 절벽의 끝이 함께 물려 돌아가는 아찔한 굽이를 넘고 또 넘어 깊은 산 한가운데에 있는 숙소에 일행을 부려놓았다. 별을 보러 그곳까지 간 것은 아니었지만 나는 별이 가장 많이 나온다는 새벽 시간에 시계를 맞춰놓은 채 잠이 들었다. 살갗을 스치는 산중의 공기는 신선했고, 검다 못해 푸르게 느껴지던 밤의 깊이는 끝을 알 수 없는 깊은 동굴 같았다.

알람이 울리고, 그 소리에 눈을 뜨자마자 나는 창가로 달려갔다. 허름한 커튼을 젖히고 싸늘한 유리창에 눈을 대는 순간, 저절로 "악!" 하는 감탄사가 흘러나왔다. 별 때문이었다. 하늘은 촘촘히 박힌 별의 광채로 축제의 밤처럼 휘황했다. 마음이 바빠진 나는 얼른 외투를 걸치고 삐거덕거리는 문을 밀면서 바깥으로 나갔다.

풀어놓은 등산화의 끈도 제대로 묶지 않은 채 그렇게 바깥으로 막 발을 내딛는 순간, 갑자기 다가서는 그림자가 있어 깜짝 놀라 뒤로 물러났다.

"나마스테!"

인도식 인사였다. 인도와 접경 지역이라 그런지 이곳 사람들의 인사는 인도어였다. 소리의 주인공인 소녀는 담요를 가져다주고 물을 떠다주던 숙소 직원이었다. 이 새벽에 잠도 안 자고 이 아이가 왜 여기 서 있을까 하는 의문은 금세 풀렸다. 새벽에 일어나 별을 보겠다는 내 말을 전해 들은 소녀가 시간이 될 때까지 문 앞에서 기다리고 있었던 것이다. 초롱거리는 별만큼이나 맑은 소녀의 눈을 보자 나는 미안함과 함께 애처로움이 밀려왔다. 저 어린 소녀가 낯선 이방인의 별 보는 호사를 위해 잠도 못 자고 있었다니……. 밤을 지키던 소녀의 고독함이 전해지는 것 같았다. 그러나 그것은 내 마음이 느끼는 고독일 뿐 소녀의 것은 아니었을지 모른다. 소녀는 어쩌다 산중까지 찾아온 이방인의 호사가 흥미로웠을 뿐, 지겹도록 반짝이는 별을 보겠다며 잠도 자지 않고 일어나는 여행객이 신기했을 것이다.

구겨 신은 신발 뒤축을 손가락으로 펴며 나는 소녀를 따라 언덕길을 올라갔다. 쏟아지는 별빛 덕에 길은 환했다. 언덕 위로 올라가 소녀의 손가락이 가리키는 쪽을 쳐다보던 나는 또 한 번 "윽!" 하는 감탄사를 토해야만 했다. 쏟아지는 별빛 아래 은빛 띠 같은 것이 아스라하게 허공에 떠 있었다.

히말라야였다. 부탄의 히말라야가 머리에 인 만년설을 빛내며 어둠 속에 아스라이 떠 있는 것이다. 달과 별의 빛을 받아 광채가 나는 설산 정경은 신비스러움 그 자체였다. 마치 밤하늘을 수놓는 은하수같이 창공에 떠 있는 산들의 장관, 산 위로 쏟아지는 별의 폭포를 보자 숨이 막힐 것 같았다.

감탄사를 토해내는 나를 바라보는 소녀의 몸짓에서 그녀가 이 장관을 자랑스러워하고 있다는 것을 느꼈다. 지겹도록 보는 별이 아니라, 소녀에게도 히말라야의 별은 감동과 신비의 대상인 것이다. 숙소로 돌아오며 나는 소녀의 정성에 답례하기 위해 뭔가 선물할 것을 찾았다. 여행 갈 때마다 허리에 차고 다니던 시계 생각이 났다. 한국의 은행 로고가 찍혀 있는 사은품인 그 시계를 주고 싶었다.

시계와 함께 히말라야 장학금이라며 10달러짜리 지폐를 손에 쥐여주자 소녀는 어찌할 바를 몰라 했다. 티베트에서도 보지 못한 순진무구한 미소를 부탄의 소녀에게서 봤다. 따뜻하고 행복한 미소였다. 그러나 그런 미소는 놀랍게도 부탄의 전통 의상인 스커트를 입고 있는 나이 든 남자들의 얼굴에서도 찾아볼 수 있었다. 별을 보고 느끼는 기쁨이야 나 혼자의 몫이지만, 새벽까지 기다린 소녀의 순수함이 샘물처럼 찰랑거리며 나를 적셨다. 시계를 주며 나는 소녀와 내가 연결되는 것을 느꼈다. 그 연결은 아득한 옛날 나 어릴 적, 한국의 시골에서 마주치던 미소와 닿아 있는 것이었다. 우리도 저런 미소를 짓던 시절이 있었다.

막막한 우주에서 각각의 개체로 존재한다는 것은 그것만으로도 고독한 사건이다. 쏟아지는 별빛 세례를 받으며 나는 황홀감과 함께 가벼운 외로움을 느꼈다. 외로움은 때로 욕망이 사라지고 텅 비어버린 마음에 찾아오는 손님 같은 것이다. 외로움은 또한 벼랑 끝에 내몰린 순간 다가오기도 하는데, 인생의 위기 속에서 우리는 그 누구도 도와줄 수 없는 혼자만의 순간과 마주하는 것이다. 그러나 비어 있는 공간에 음악이 잘 울리듯 혼자라는 공간 속에서 고독은 저만의 깊이를 갖는다. 아무도 없는 밤을 지새우며 장미는 저 혼자 향기를 품고, 길 위에서 방랑자는 외로움과 맞서는 것이다. 그러나 참으로 가치 있는 일은 그 모든 것에 반응

하지 않고 묵연히 받아들이는 것이다. 외로움 또한 담담히 받아들여야 한다. 감정에 반응하지 않는 이는 혼자 있어도 외롭지 않으니 그럴 때의 외로움이야말로 텅 비어 가득한 충만함이다.

빛은
어둠으로부터

겉보기엔 멀쩡하지만 2년 넘도록 병을 앓았다. 메니에르병Meniere's disease이라는 이름도 이상한 질환. 어지럼증 뒤에 이명과 난청이 찾아와 사람을 괴롭히는 병이다. 의사도, 환자도 원인은 모른다. 원인 모를 병의 가장 흔한 이유는 스트레스. 스트레스가 심해서 그런 것이라고 하면 더 이상 다른 설명이 필요 없다.

몸의 어떤 부위도 마찬가지이지만, 귀 또한 한쪽이 안 들리면 불편함이 크다. 그러나 세상의 모든 소리를 모노로 들으면서도 나는 온종일 음악을 즐긴다. 두 귀가 다 안 들리는 상태에서 베토벤이 겪어야 했던 좌절은 얼마나 컸을까. 청력을 잃은 베토벤이 삶의 의미를 음악에서 찾았듯 나 또한 삶의 의미를 찾아 음악을 듣는 것인지도 모른다. 그러나 겪을 만큼 인생을 겪고 난 지금 생각해보면 삶에는 아무런 의미가 없다. 삶의 의미는 찾아야 하는 것이 아니라 스스로 만들어야 하는 것이다.

나이가 들면 사람들은 빨리 가는 세월을 한탄한다. 한편 얼른 세월이 가서 빨리 늙고 싶다는 사람도 있다. 그리고 다시 젊은 시절로 돌아가라면 절대 그러지 않겠다는 사람도 생각보다 많다. 의미를 찾아 헤매는 젊은 날의 삶보다 인생에 의미를 만들어가는 지금이 좋다는 것일까? 나 또한 질풍노도의 시간이라 일컫는 젊은 날이 마냥 좋지만은 않았다. 수많은 좌절과 방황과 좌충우돌의 시행착오를 생각하면 결코 그 시절로 돌아가고 싶지 않다. 그러나 젊은 날과 달리 몸이 보내는 적신호 앞에 걸음을 멈춰야 하는 노년 또한 원하는 것은 아니다.

SNS에서 보청기 홍보하는 영상을 보고 청력검사를 하러 갔다. 귀가 안 좋은 지인이 사용해보니 좋다며 권한 것이다. 그러나 검사 결과 앞에서 좌절할 수밖에 없었다. 상태가 나빠 보청기가 도움이 되지 않는다는 것이다. 두 귀가 다 안 들린 베토벤만큼은 아니라도 넘을 수 없는 벽 앞에 무릎을 꿇는 기분이었다. 남은 귀를 잘 보존하라는 조언은 남은 귀 또한 나빠질 수 있다는 말 아니겠는가.

그러나 무릎 꿇던 마음을 이내 일으켜 세웠다. 한쪽 귀가 멀쩡하지 않은가. 지금 내게 온 이 고통은 세상의 더러운 소리를 절반만 들으라는 계시 같은 것이다. 수없이 겪은 인생의 우여곡절 중 하나일 뿐인 이것이 결코 내 삶을 무너뜨릴 수는 없다. 나는 이 정도에 무릎 꿇지 않는다. 최면을 걸 듯 스스로에게 속삭이며 찾아온 시련에 의미를 부여한다. 이 정도의 시련은 시련이라 부르기도 민망한 것이다.

오래전 방송국에서 일하던 시절, 시각장애를 가진 한 맹인학교 교사를 취재해 다큐멘터리를 제작한 적이 있다. 강화도 출신인 그는 태어날 때부터 앞을 못 본 것이 아니었다. 어릴 적 바닷가에서 포탄을 주워 놀다가 폭발 사고가 나는 바람에 시력을 잃은 것이다. 시력을 잃은 지 수십 년이 지났지만, 선명하게 떠오르는 것은 어머니 얼굴과 아침 바닷가의 햇살이라고 하던 그의 말이 생각난다. 두 눈을 감은 채 아침 바다에 쏟아지는 햇살을 묘사하던 그의 표정이 지금도 생생하다. 그는 두 눈뿐 아니라 한쪽 팔마저 잃었지만 마치 꿈꾸는 듯한 표정으로 모리스 라벨의 피아노협주곡에 감동받아 피아노를 배웠다는 사연을 털어놓았다. 그를 감동시킨 곡은 작곡가인 라벨이 전쟁에서 오른팔을 잃은 피아니스트를 위해 왼손으로

만 연주할 수 있도록 만든 음악이다. 한 손으로 피아노를 치고 하모니카까지 불던 그는 그 뒤, 시각장애 아이들을 위해 브라스 밴드를 조직했다. 눈으로 악보를 볼 수 없는 아이들이 점자 악보를 손가락으로 암기해 트럼펫을 불고, 트럼본을 연주하는 장면은 보는 것만으로도 감동적이었다.

그를 취재해 만든 프로그램 제목을 〈빛은 어둠으로부터〉라고 정한 것은 피디이던 내가 아니라 그였다. 빛이 어둠으로부터 나온다는 사실을 그만큼 생생하게 증언할 수 있는 이가 어디 또 있으랴. 수만 년 동안 어둠 속에 묻혀 있던 캄캄한 동굴도 단 한 줄기 빛이 들어오면 일시에 밝아진다. 어둠 속에서 탄생한 빛이 단숨에 세상을 환하게 밝히는 것이다. 어둠은 빛을 만들어내는 산실이라며 자신을 에워싸고 있는 어둠에 의미를 부여하던 그의 말대로 세상의 의미는 찾는 이의 것이 아니라 부여하는 이의 것이다. 불행을 불행이라 하지 않고 인생을 다시 배우는 기회로, 슬픔을 슬픔이라 하지 않고 기쁨과 희망 사이에 놓인 건널목으로 해석하고 받아들일 때 슬픔과 불행은 우리가 배워야 할 삶의 가르침으로 바뀐다. 고통과 시련을 삶이 주는 가르침으로 받아들이는 사람은 인생을 영혼의 성장을 위한 학교로 여긴다. 비록 모범생이 되지 못한다 해도 삶이 주는 가르침을 따라 고난을 공부라고 여기는 사람은 세상의 고통을 극복하며 성장한다.

인생의 조건

조건부로 뭘 해주겠다는 말은 순수하다고 할 수 없다. 누가 조건부로 날 사랑하겠다고 말하면 그 사랑을 믿을 수 있을까? 그 직장에 있으면 사랑하겠다, 그 직위에 있으면 사랑하겠다, 돈을 잘 벌면 사랑하겠다, 명품 백을 사주면 사랑하겠다……. 이런 조건을 내걸어도 그 사랑을 받아들일 수 있을까?

조건이 많은 사람은 제약이 많은 사람이다. 어떠어떠한 경우에만 어떠어떠한 일을 하겠다는 말은 계약서를 필요로 하는 말이지 사랑의 말이 결코 아니다. 제약이 많은 사람이 사랑에 성공하는 경우는 드물다. 사랑의 언어에는 결코 조건이 붙지 않는다.

그런데 현실은 정말 그럴까?

아무런 조건 없이 세상을 살아가기란 쉽지 않다. 돈을

곧잘 벌어오던 사람이 갑자기 망해 돈 한 푼 못 가져오는 경우, 깨어지는 사랑은 흔하고 흔하다. 순수한 사랑에는 조건이 없지만, 우리가 사는 현실에서 순수한 사랑이란 어느 한쪽이 일방적으로 이익을 보거나 손해를 감수해야 하는 기울어진 사랑이 되기 쉽다. 드러내지 않을 뿐 세상의 사랑은 언제나 자신의 저울추에 상대를 매단다. 사람들은 자신도 모르게 상대의 저울에 걸려 있는 나의 저울추를 비중 있게 만들기 위해 애쓴다. 그런 노력을 나무랄 생각은 없다.

문제는 저울추의 무게를 무겁게 하기 위해 치장하는 헛된 장신구가 너무 많다는 것이다. 재력, 학력, 명예 이런 것도 원래의 가치를 넘어 장신구로 사용된다. 박사와 양아치 이야기를 써놓은 지인의 글을 읽다가 "박사와 양아치는 길에 널렸다"라고 댓글을 단 적이 있다. 정말 박사가 너무 많다. 그 분야의 전문가를 박사라고 믿던 시대는 지나갔다. 많고 많은 박사 중에 내가 믿는 박사는 스티븐 호킹밖에 없다. 만나본 적도 없는 그를 믿다니 아마도 그 또한 언론이 만들어낸 신화에 물든 탓이겠지만, 그러나 내가 믿는 것은 박사라는 호칭을 가진 그의 업적이 아니다. 내가 믿는 것은 생에 대한 그의 꺾이지 않는 의지이다.

"고개를 숙여 발을 보지 말고 고개를 들어 별을 보라"고 한 그 아닌가. 그가 마지막 강연에서 한 "삶이 아무리 힘들어 보일지라도 우리가 할 수 있고, 성공할 수 있는 무언가는 항상 있다"는 그 말이 내겐 어떤 논문보다 가치 있게 다가왔다. 그러나 "중요한 것은 포기하지 않는 것"이라고 한 말과 달리 그에게 헌신했던 첫 번째 부인 제인은 그와의 결혼 생활을 포기해야 했다. 모든 경우가 그러하지만 겉으로 보이는 모습과 실제 상황은 차이가 있기 때문이리라. 그와 헤어진 뒤 제인은 그를 뒷바라지하며 보낸 고통과 인내의 시간을 "몸이 한계에 다다르면 깃털만 하나 얹어도 허리뼈가 부러진다"라고 표현했다.

그런 제인이 내겐 스티븐 호킹 못지않은 박사처럼 보인다. 이미 유명인이 되어버린 장애 있는 남편을 돌봐야 했던 그녀의 헌신이 내겐 박사 학위보다 가치 있게 느껴진다. 연인의 병을 알고도 그를 버리지 않고 아무런 조건 없이 결혼을 감행한 그녀가 바로 인생의 박사이다. "박사가 무슨 양아치같이 함부로 말을 한다"는 지인의 글에 "박사와 양아치는 길에 널렸다"는 댓글을 쓴 내가 존중하는 박사란 결코 석사 다음 단계에서 취득하는 학위로서의 박사가 아니다. 내가 존중하는 시인이 글 잘 쓰는 시인이 아니듯, 내가 믿는 박사는 인생의 박사이지 학위의 박사가 아니다. 인생의 박사는 조건부가 없다. 인생의 박사는 설령 그것이 악조건이라 해도 스스로 믿고 있는 사실을 믿는 그대로 실천하는 의지를 보여준다. 스스로 최선을 다했다고 믿는 순간 그것으로부터 후회 없이 물러날 수 있는 인생의 박사는 삶의 고수이다. 고수는 결코 조건부 삶에 기대어 생을 허비하지 않는다.

살아 있어서 고맙다

당신 우울하지? 아무런 희망도 없고, 세상은 더 살벌해지고, 믿었던 친구들은 세상을 떠났거나 곁에서 멀어지고, 하는 일은 안 되고, 의욕은 추락해 날개를 접었지?

그래도 우리는 살아야 한다. 진화하기 위해 우린 이 별에 왔으니까. 진화는 우여곡절, 파란만장, 진퇴양난, 백척간두의 인생에서 우리가 얻어낸 의식의 성장 같은 것이니까. 우리가 이 별에 온 이유는 진화하기 위해서이다. 진화는 배움이니 반복되는 학습을 통해 조금씩 달라지는 것이다. 뭘 배워가기 위해 이 별에 와서 고통받는가? 고통을 통해 아무것도 배워가지 못한다면 고통은 통증일 뿐 아무것도 아니다. 죽고 싶은 마음이 든다면 죽음이 끝이 아니라는 사실을 알고나 죽자. 죽고 나면 끝나는 게 아니라 몸뚱이만 기능이 정지된다. 몸마저 잃어버린 영혼의 낭패감이 어떻겠는가. 그땐 이미 죽었으니 죽을 수도 없고 정말 괴롭게 된다. 죽고 싶다면 죽을힘을 다해 살자.

지금 좌절을 겪는다면 그 좌절은 하나의 에너지가 되어 나를 휘저어놓을 것이다. 슈베르트라면 그 에너지를 가곡에 불어넣었을 것이다. 혹시 그가 시인이라면 시에 에너지를 쏟을 것이다. 유대인이라는 이유로 힘든 이민자 시절을 겪은 마크 로스코는 장학금을 받지 못해 대학을 그만둬야 했다. 남보다 늦게 그림을 시작한 그의 재능이 꽃피기까지 겪어야 했던 좌절은 그의 예술에 소중한 에너지로 작용했다. 그러나 누군가 나의 좌절에 기름을 붓는 이가 있다면 기름 붓는 그를 이해하려 하지 말고 피하라. 인간이 인간을 이해한다는 것은 아름다운 일이지만, 이해하기엔 너무나 에너지 소모가 큰 대상은 안 보는 것이 좋다. 피해 의식으로 똘똘 뭉쳐 공격적인 이는 치명적인 유형이니 맞서서 싸우기보다 피하는 것이 현명하다. 자비심으로 바라보면 그도 바뀐다. 그러나 문제는 나의 인내심이 그다지 크지 않다는 사실이다. 모든 피해 의식은 치명적이지만 그 밑엔 사랑받고자 하는 욕구가 있다.

가장 치명적인 유형은 자신의 책임을 부인하는 사람이다. 그들은 언제나 모든 원인은 상대에게 있고 자신은 피해자일 뿐이라고 스스로를 세뇌한다. 스스로 자신이 인생의 주인이 아니라고 주장하는 그들은 비열한 도피자일 뿐이다. 마음의 변방으로 자신을 유폐시켜 주인이기를 스스로 거부하는 사람, 길지도 않은 인생에 객客으로 와서 객으로 살다가 객으로 가는 사람, 그들의 특징은 책임지려 하지 않는다는 것이다. 책임을 피하거나 책임 소재가 자기라는 걸 모르는 척한다는 것이다. 모든 원인을 상대에게 돌리며 피해자 코스프레를 하는 객들은 위험하다. 그런 이와 함께 가면 치명적인 일을 겪기 쉽다. 치명적인 사람을 만나면 맞서서 싸우지 말고 피하라.

치명적이진 않더라도 살아가면서 우리는 많은 유형의 사람을 만난다. 동물 종류가 많듯 세상엔 많은 부류의 사람이 있다. 은혜를 입어도 고마워할 줄 모르는 사람, 은인을 오히려 해치려 하는 사람, 베풀기만 할 뿐 대가를 바라지 않는 사람, 대가도 없이 바라기만 하는 사람 등 많고 많은 유형과 함께 우리는 공존한다. 고마워할 줄 모르는 사람에겐 머지않아 고마워할 일이 끊길 것이며, 고마워하는 이에겐 다시 고마워할 일이 생기는 것이 세상 이치이다. 똑똑한 척 세상을 살아봐야 지혜가 없는 이에게 세상은 불만족스러운 것이니 지식보다 지혜가 삶의 양식이다. 그러나 어떻게 하건 우리는 결국 이 별에서의 마지막을 맞이하며 미지의 세상을 향해 나아가야 한다. 익숙한 세상과 이별하고, 그다음 차원을 향해 떠나야 하는 것이다. 그것이 무엇인지, 어디인지는 나도 모른다. 그러나 물 한 방울 구할 수 없는 침묵의 사막은 우리를 공포에 잠기게 하지만, 그 끝에 도달하는 순간 펼쳐질 밤하늘의 별은 지금까지의 여정이 다 이 순간을 위해 연출된 것이라는 사실을 깨닫도록 할지도 모를 일이다.

"지금 이 순간을 살라"고 강조한 에크하르트 톨레는 심리적인 시간에서 놓여나라고 말한다. "깨달음을 얻은 사람은 항상 현재의 시간인 지금에 주목하면서 시간을 주변 장치로 인식한다." 그의 말에 공감하는 나 역시 시간으로부터 벗어나기 위해 노력한다. 시간으로부터 벗어나기 위해 우리가 할 수 있는 일은 역설적이지만 시간에 집중하는 것이다. 시간에 집중하라는 말은 지금 이 순간, 여기, 그러니까 'here & now'에 집중하라는 말이다. 지금 자신이 살아 있는 그 상태를 매 순간 의식하라는 것이다. 다른 말로 표현하면 매 순간 깨어 있는 상태로 있으라는 것이다. 당신이 얼마나 지금, 여기에 머물고 있는지 마음의 행방을 살펴보라. 지금 당신의 마음은 어디에 가 있는가? 과거인가 미래인가 아니면 부산인가 대구인가? 지금 있는 이 자리를 떠나 어디에 가 있는가?

"시계가 가리키는 시간을 계속 사용하면서도 심리적인 시간으로부터 자유로움을 얻어라"는 톨레의 가르침대로 우리는 지금, 이 순간을 살 뿐 결코 과거의 시간이나 미래의 시간을 살 수는 없다. 톨레의 말은 결국 과거나 미래에 매여 있는 마음에서 벗어나라는 것에 다름 아니다. 그러니 상황이 힘들다고 해서, 좀 우울하다고 해서 마음이 미리 당겨서 죽을 이유는 없다. 매 순간 죽음을 의식하되 그 죽음이 현재가 되도록 할 이유는 없다는 말이다. 미래는 영원히 오지 않는다. 우리는 끊임없는 찰나 속에서 영원한 현재를 살 뿐, 지금 이 순간 살아 있어서 당신 이름을 부를 수 있는 것만으로도 기적이다. 기적이 달리 있는 게 아니라 가까운 누군가가 아프지 않는 것만도 기적이다. 온종일 전화를 해도 받지 않던 사람과 통화가 되는 순간 떠오르는 말, "고맙다. 살아 있어서 고맙다". 어느새 우리는 서로의 안녕을 근심하는 나이로 접어든다.

그러나 여전히 우리는 살아 있다. 오지도 않을 미래를 미리 마음으로 살아야 할 필요가 어디 있겠는가. 근심할 이유가 어디 있겠는가. 살아 있어서 고맙다. 지금 당신이 그 자리에 있어서 고맙다.

성장

밤새 내린 눈이 설원을 만들었다. 꽃잎보다 가벼운 눈도 쌓이면 무거워지는 법이다. 무게 없는 생각도 쌓아두면 무거워지는 건 마찬가지이다. 눈이건 생각이건 털어내야 젖지 않는다. 삶에서 미끄러지지 않으려면 마음에 살얼음이 끼도록 내버려둬선 안 된다. 중심을 가지되 가볍게 살아야 한다.

눈 소식 사이로 부음이 온다. 이 눈 속에 누가 세상을 떠난 것이다. 고인이 된 옛 친구를 위해 잠시 기도한다. 살다 보면 한때의 친구가 적이 되는 일은 흔하다. 적까지는 아니더라도 남이 되는 일은 많고도 많다. 그와 내가 친구였다는 사실을 까맣게 잊어버리기도 하고, 길에서 만난다 해도 모르고 지나치는 경우도 있다. 세상을 떠난 친구는 다행히 적이 된 경우는 아니었다. 그러나 그는 한때 친구였지만 이름조차 잊어버린 사람이었다. 친구가 모르는 남이 된 경우다.

어느 날, 모르는 번호의 전화가 걸려왔다. 모르는 번호는 잘 안 받는다. 그런데 누군가의 전화를 기다리고 있던 참이라 모르는 번호인데도 받았다. 전화 속 목소리는 처음 듣는 음성이었다. 중학교 때 친하게 지낸 친구라며 이름을 밝혔지만, 그를 전혀 기억하지 못했다. 그렇게 까맣게 자기를 잊어버린 나에 비해 그는 내 형제들의 이름과 특성까지 다 기억하고 있었다. 그러면서 이래도 기억나지 않느냐며 섭섭해했다. 미안해서 뭔가 좀 아는 척이라도 하고 싶었지만 그럴 수가 없었다. 좁쌀만큼도 기억나는 게 없었던 것이다. 그에겐 소중한 추억이 내게는 소중하기는커녕 전혀 관심도 없었다는 사실을 들킨 것 같아 몹시 당황스러웠다. 인간적으로 정말 미안한 생각이 들어 쩔쩔매는 내게 그가 남긴 말이 충격적이었다. "병원에 가봐라." 퉁명스러운 목소리였다. 자기를 잊어버렸다는 사실에 대한 서운함과 상실감 비슷한 마음이 느껴졌다. 옛 친구를 잊어버린 나를 그는 기억상실증에라도 걸린 환자처럼 여기고 싶었던 모양이다.

따지고 보면 세상에 환자 아닌 사람이 어디 있겠는가.

몇 집 건너 한 집마다 우울증 환자가 있다는 시대이다. 너도나도 우울증이다. 겉으로 보기엔 성공했고, 누구보다 공격적 삶을 살던 유명인도 난관에 부딪히면 어려움을 헤쳐나가거나 책임을 인정하기보다 목숨부터 먼저 던져버리는 세상이다. 세상은 더욱 풍요로워졌고, 강남에 집 한 채만 잘 굴려도 죽을 때까지 돈 걱정 없이 살 수 있는 세상인데, 집 없는 사람은 집이 없어 우울하고, 집 있는 사람은 있는 대로 우울하다. 경쟁에 내몰린 아이들은 쉽게 죽음을 선택하고, 병원에 가면 온통 스트레스받는 환자들 천지다. 그런데 정작 죽음이 눈앞에 와 앉으면 사람들은 달라질지 모른다. 눈앞에 죽음이 와 있다면 허투루 보내는 하루하루가 얼마나 아깝겠는가.

간혹 죽음의 세계에서 돌아왔다는 사람들을 만날 때가 있다. 임사체험을 한 사람들이 그들이다. 죽음의 순간 그들은 자신의 몸뚱이를 소생시키기 위해 애쓰고 있는 의료진을 허공에 떠 있는 상태로 본다든지, 슬퍼하고 있는 가족들을 본다든지 하며 자신과 자신의 몸이 분리되어 있다는 사실을 자각한다. 그들이 말하는 임사체험이란 결국 몸과 의식이 분리되어 있다는 사실을 깨닫는 경험이다. 임사체험을 통해 육체의 죽음을 경험해본 사람은 그동안 애지중지하던 몸이 한낱 물질에 불과하다는 사실을 알게 된다. 그렇게 갈망하던 모든 것이 한순간에 사라질 수도 있다는 사실을 받아들이며 삶이 얼마나 소중한 기회인지 깨닫는 것이다. 임사체험을 한 사람들은 이렇게 말한다. "그날 이후 나는 다르게 살려고 노력했다."

삶과 죽음 사이에 있는 보이지 않는 문, 매 순간 그 문을 의식하고 산다면 우리 삶은 달라질 것이다. 그러나 꼭 임사체험이 아니더라도 살아 있다는 사실만으로도 세상에 경의를 표하고 싶은 날이 있다. 퍼붓는 비바람 속에 강낭콩 한 알 자라듯, 느리고 느린 속도로 달팽이 한 마리 기어가듯 그렇게 세상 속에 내가 존재한다는 사실 하나만으로도 감사함을 느낄 때가 있다. 굳게 닫혀 있던 마음의 문이 열리고, 용서할 수 없던 사람을 용서할 때야말로 지상에 묶여 있던 영혼이 날개를 펴고 한 계단 더 높은 곳으로 성장하는 순간이다.

인생의 스승

가을이 가고, 또 겨울이 차갑고 냉정한 얼굴로 찾아올 것이다. 액정 위로 문자를 찍어 넣으며 나는 유튜브를 뒤져 오래된 노래를 듣는다.

기쁨은 순간이며 슬픔은 길고 반복적으로 인생을 찾아온다. 성공한 인생이라고 말들 하지만 그건 다 거짓말 아니면 착각이다. 어떤 인생에도 성공이란 없다. 우리는 모두 시한부 인생이며 길거나 짧거나 그 끝을 맞이한다. 사라지지 않는 사람은 없는 것이다. 그러니 성공이라는 환상에 매달려 생을 소비하지 말자. 나만 그런 것이 아니라 다 힘들고, 다 외롭고, 다 좌절한다는 사실은 차라리 위로가 되지 않는가. 실패와 좌절을 인생의 피할 수 없는 조건으로 받아들일 때, 그 받아들임이 담담하고 솔직할 때 마음은 오히려 평화를 향해 다가간다.

나이를 먹는다는 것은 이마에 주름살 몇 개 늘어나는 것이다. 주름살 몇 개쯤이야 상관하지 않는다는 듯 사람들은 여유 있는 표정으로 느긋하게 말한다. "다시 젊은 날로 돌아가고 싶지 않아. 마음이 가파르지 않은 지금이 좋아." 그리고 조금 더 나이를 먹는다는 것은, 가령 안나푸르나를 트레킹하러 가서 내리막길을 만나면 두려운 생각이 드는 것과 같다. "관절 때문에 무리해선 안 돼" 하며. 그러나 그때까지도 여유가 있다. 그까짓 트레킹이야 할 만큼 했으니 안 해도 그뿐. 마음은 여전히 여유를 부릴 수 있다. "아름다운 노년을 보내야지" 하며. 그런데 침대에 누워 스스로의 힘으로는 돌아눕지도 못한 채 먹고, 싸고, 씻고, 그 모든 걸 누군가의 힘을 빌려 할 수밖에 없는 날이 오면 어쩌겠는가? 그때도 마음은 여유를 부릴 수 있을까? 거기까진 생각 안 해보셨다고? 아니, 생각할 필요가 뭐 있냐고? 부디 당신에게 행운이 깃들기를 빈다. 생각건대 그때 가서도 마음의 여유를 가질 수 있다면 그것이 성공한 인생이다.

때로는 그런 생각을 한다. 남은 이들이야 아프겠지만 살 만큼 산 뒤라면 홀연히 세상을 떠나는 것도 나쁘진 않을 것 같다. 살 만큼 살았다는 것은 각자의 기준이 다르겠지만, 남의 손을 빌려 호구해야 할 정도로 삶이 구차해지기 전에 떠날 수 있다면 얼마나 고마운 일인가. 오랫동안 누군가의 병구완을 하다 보면 그런 마음이 든다. 인생은 똑같은 모습으로 우리를 지겹게 하지만, 시시각각 그 모습을 바꾸며 삶을 흔들어놓기도 한다. 한결같다는 뜻이 좋아 '여여如如하다'는 표현을 쓴다 해도 인생이 제 맘대로 흔들어놓는 파란波瀾 속에서 여여하게 살기란 마음을 길들이지 않고는 힘든 일이다. 학교에서 가르쳐야 할 것은 영어나 수학만이 아니다. 마음을 길들이고 조절하는 방법을 가르쳐야 한다. 그러나 누가 가르칠 수 있겠는가? 인생 학교니 치유 학교니 이름을 걸지만 그것을 가르칠 수 있는 이야말로 여여하게 살 수 있을 만큼 마음이 큰 사람이다. 제 마음도 마음대로 못 하면서 마음에서 일어나는 일을 가르칠 수 있다고 착각하지 말자. 가르친다는 것은 인생의 험한 길을 제대로 경험하고, 제대로 넘어온 사람이나 가능한 일이다. 가르치기보다 배워야 할 것이 많은 삶에서 조금 안다고 스승이 되려 하지 말자. 조금 안다는 것은 아무것도 모른다는 말이다.

고요한
절정

홍시가 되다 만 감이 떨어진다. 부르지 않아도 찾아온 친절한 가을이 서랍을 열어 잊었던 시를 꺼내게 한다. 어디선가 보고 메모해둔 글이다.

친절의 부드러운 힘을 배우기 전에 당신은 흰색 판초를 입은 인디언이 죽어서 누워 있는 길을 여행해야 한다. 그가 당신일 수 있음을. 그 역시 계획을 세워 밤새 여행을 했고, 홀로 숨 쉬며 살던 사람임을 알아야 한다.

_나오미 시하브 나이

액자를 걸 듯 벽마다 창을 내어놓은 곳에서 지낸 적이 있다. 풍경은 액자 속 그림처럼 단풍을 담아 보는 이를 황홀하게 했다. 액자 속 가을은 이제 절정을 지났다. 그러나 액자 밖에 있는 내 인생은 여전히 절정이다. 언젠가 흰색 판초를 입고 누운 인디언처럼 세상과 작별하는 날이 온다 해도 날마다 절정이라 생각하며 사는 것도 나쁘진 않다.

돌이켜보면 인생에서 절정이란 그것이 언제인지 가늠하기 어렵다. 절정이란 '최고에 달한 상태나 경지'라고 되어 있는 사전의 해석을 봐도 최고인지 아닌지는 지나봐야 알 수 있는 것이지 지금 이 순간 단정 짓긴 힘들다. 마치 수많은 봉우리를 거느린 산맥을 오르듯 가장 높은 곳에 다다랐다고 생각하면 더 높은 봉우리가 나타나는 인생이라는 산행에선, 어디가 절정인지 끝까지 가보지 않고서는 알 수 없는 것이다.

때로는 절정이 지나간 것도 모른 채 우리는 더 나은 미래를 기다리며 산다. 아픈 몸이 낫기를 기다리고, 슬픈 일이 지나가기를 기다리고, 달성하기 힘든 무엇인가가 이루어지길 기다린다. 하루살이처럼 매일매일 시간을 태우며 살지만 우리는 기다림이 있기에 생을 이겨낸다. 그러나 또 한편 우리는 기다림 때문에 뜻하지 않은 실망 앞에 서기도 한다. 기대하지 않았으면 실망할 일도 없을 것을 기대 때문에 스스로 실망이 생기게 하는 것이다. 인생 후반기로 접어들면 어떠한 기다림도 갖지 않고 사는 것, 어떤 기대도 갖지 않고 사는 것이 잘 사는 일인지도 모른다. 기대한다는 것은 마음이 지금 여기, 이 자리에 있지 못하고 현재가 아닌 어딘가, 그러니까 우리가 미래라고 부르는 공간으로 미리 가 있는 상태이다. 과거나 미래로 가 있는 마음은 불안정하다. 과거는 상처가 되어 나를 괴롭히고, 미래는 근심과 걱정으로 나를 불안하게 만들기 때문이다. 불안한 마음은 고통을 동반한다. 곰곰이 들여다보면 고통의 많은 부분은 소유와 연관된다. 소유하지 못하는 마음이 고통을 만드는 것이다.

고통을 만들지 않기 위해서 첫 번째 해야 할 것이 마음을 비우는 일이다. 마음을 비운다는 말을 많이들 하지만 그 마음이 어디에 있는지도 모르면서 비울 수는 없는 노릇이다. 어디 있는지도 모르는 마음을 어떻게 비운다는 말인가. 마음이란 형태나 무게가 아닌 일종의 상태를 가리키는 말이지만 우리의 언어는 그것을 무겁다, 가볍다, 더럽다, 깨끗하다, 넓다, 좁다 등으로 표현하며 비우거나 채울 수 있는 대상으로 여긴다. 그러나 형태도 무게도 없는 그것을 쓰레기 버리듯 비울 수는 없는 일이다.

마음을 비운다는 것은 맹목적인 일을 더 이상 하지 않는다는 말이다. 비운다는 말은 욕망과 집착에 의해 일어나는 생각을 멈추는 일이다. 생각을 멈추는 것이 바로 비우는 것이다. 생각한테 가는 에너지를 스스로의 의지로 끊어버리는 것이 바로 마음을 비우는 일이다. 지금 어딘가에 마음이 묶여 있다면 그 마음을 놓는 것, 욕망과 집착을 바퀴 삼아 굴러가는 생각을 일시에 멈추는 것이 비우는 일이다. 뭔가를 채우기 바쁜 젊은 날을 지나 말년이 가까워지면 인생은 멈추고 버려야 하지만 말로는 비운다고 하면서도 비우는 것이 무엇을 뜻하는지 알지도 못하는 사람들이 그 말을 쓴다.

실제로 세상 모든 일은 일 자체가 중요하거나 그렇지 않은 것이 아니다. 인생에서 마주치는 모든 사건은 그것을 어떻게 해석하느냐에 따라 중요도가 달라진다. 코로나19로 인해 2주간의 격리를 마치고 나온 지인이 말했다. “오랜만에 혼자 있는 2주간을 수행과 정진의 기회로 삼았어요. 좋은 시간이었어요.” 똑같은 환경과 조건을 겪고 나온 또 다른 지인이 말했다. “미칠 것같이 답답한 시간이었어요. 불안해서 죽는 줄 알았어요."

욕구로부터 비켜나와 바라보면 마음은 이미 많은 것을 가지고 있다. 얻거나, 갖거나, 구하려는 욕구를 버리고 존재의 차원으로 세상을 바라보면 마음은 평화를 얻는다. 고요와 평화는 존재의 에너지이다. 인생 후반기에 필요한 것은 그런 고요와 평화의 에너지이다. 산 넘어 더 높은 산이 기다리듯 언제나 인생은 절정을 향해 열려 있다. 그러나 오래 살아 알만큼 아는 삶은 찬란하지만 이내 내려가야 하는 절정보다 밋밋하더라도 고요한 일상에 머물기를 좋아한다.

거짓말을
좋아한다

까치가 울면 반가운 손님이 온다는데, 요즘 까치들은 거짓말만 한다. 연미복처럼 잘 차려입고 있지만 저들은 신사가 아니라 입빠른 촉새 같다. 참새들 먹으라고 내놓은 먹이도 까치들 차지가 될 때가 많다. 고무공처럼 통통 튀어 다니는 귀여운 참새들에 비해 소란스럽게 떠들어대는 까치가 성가시다. 그러나 어떤 새가 먹는다 한들 나쁠 게 뭐 있겠는가. 새들은 평등하다. 아니, 생명은 평등하다. 평화란 큰 놈이나 작은 놈이나, 힘 있는 것이나 힘없는 것이나 공평하게 모여 먹이를 먹는 것이다. 큰 녀석이 좀 더 먹으면 어때. 빼앗아 먹지만 않으면 된다. 까치가 성가시다는 내 생각 또한 편견이다. 그러나 세상을 움직이는 건 편견이다. 편견 속에서 우리는 세상을 내치거나 받아들인다. 반가운 손님이 올 것이라는 오랜 전언傳言은 인간이 만들어낸 헛소문일 뿐 까치가 지어낸 거짓말이 아니다.

까치가 울더니 거짓말 잘하던 친구가 다녀갔다. 그는 내게 누구보다도 좋은 벗이다. 젊은 날 그는 자신이 의과 대학을 중퇴했으며 자신의 백부가 장관이라고 말하고 다녔다. 물론 다 거짓말이다. 그 당시 내 주변은 권력가를 가족으로 둔 친구가 있을 만한 토양이 아니었다. 그가 한 거짓말의 압권은 대학보다 출신 고등학교를 속인 것에 있다. 그는 고등학교 또한 명문이던 K고 출신이라 밝혔는데, 실제로 K고를 졸업한 형이 그를 자신의 한 해 선배라고 소개하는 바람에 그 말은 진실로 굳어졌다. 그 형도 속은 것이다. 아니, 속은 게 아니라 속고 싶었던 것인지도 모른다. 당연히 어리석음의 최우선순위는 그 형에게 돌아간다. 어찌 보면 한 해 선배라는 게 아무것도 아니건만 깍듯이 그를 형이라고 부르는 그 형 탓에 우리 또한 덩달아 그를 두 단계 위의 형으로 대우한 것이다. 더 웃기는 것은 백번 양보해 K고를 졸업했다는 그의 거짓말을 사실로 믿어준다 해도 실제로는 그 두 사람이 입학 동기였다는 점이다. 그를 내게 소개한 형이 입학하고 한 해 휴학한 뒤 다시 학교로 돌아간 복학생이었던 것이다. 아무리 따져봐도 입학 동기에 불과한 상대를 형으로 대우했으니 어리석음의 최우선순위를 그 형이 차지하는 것은 지극히 합당한 일이다. 순진도 지나치면 쪼다가 된다. 그러나 학번 없는 세월이 앞뒤 없이 흘러 그때 그를 소개한 그 쪼다 아닌 쪼다 형은 대학에서 젊은이들을 가르치다가 정년퇴직을 맞이했다. 물론 의대 출신도 아니고 명문고 출신도 아닌 거짓말 친구는 누구를 가르치는 위치에 서거나 세속적으로 성공했다고 할 수 있는 삶을 살진 못했다. 그런데 흥미로운 것은 지금 내 마음이 그 진짜 형보다 거짓말쟁이였던 두 단계 위의 가짜 형(지금은 물론 형이라고 부르지 않는다)을 더 신뢰하고 가까이 지낸다는 사실이다.

거짓말쟁이와 사기꾼은 다르다. 그는 사기꾼은 아니다. 돌이켜보면 그 시절 그는 우리에게 선배로서 역할을 톡톡히 해낸 좋은 형이었다. 거짓말로 차지한 자신의 위치를 지키려 최선을 다했다. 술에 취한 동생들을 등에 업고 집까지 데려다주곤 하던 그는 훌륭한 선배였다. 가방끈 짧은 열등감을 감추기 위해 현실을 부풀려 말했을 뿐 피해보다 득을 더 많이 준 사람이 그였다. 옥에 티라면, 우리의 단골이던 음악 감상실(그 시절엔 좋은 오디오 시스

템을 갖춰놓고 LP 레코드를 들려주는 음악 감상실이 있었다) 주인이 그가 자꾸 몰래 음반을 가져가서는 안 돌려준다며 조심하라고 충고한 것 정도였다.

거짓말이 종착역에 다다른 것은 유학을 간다며 친구들과 함께 송별회까지 한 그가 유학 대신 군 입대를 한 사건 때문이었다. 1970년대 말이니 유학을 가는 것이 영화 속에서나 있을 만큼 귀하던 시절이었다. 그가 그렇게 군대로 유학을 갔다는 사실을 알게 된 건 우연이었다. 길에서 군복을 입은 그와 마주친 것이다. 마주치는 순간 그는 다짜고짜 나를 끌고 평소 잘 가던 다방으로 향했다. 휴가를 나왔다가 단골 다방이 그리워 그쪽으로 가던 중 나를 만났던 것이다. 자리에 앉자마자 그는 머잖아 입대하게 될 나를 위해 군대 생활 잘하는 법에 대한 일장 훈시를 했다. 유학 따윈 벌써 잊어버린 일이었다. 이미 이러쿵저러쿵 그에 대한 소문을 접했던 터라 나 또한 유학은 관심 밖이었다. 그런데 군복 상의에 달린 명찰을 보니 내가 알고 있던 이름과 달랐다. 연예인이 예명을 쓰듯 본명보다 가명이 멋있게 느껴졌던지 그동안 그럴싸한 이름으로 자기를 불렀던 것이다. 나 역시 그가 지어낸 이름이 입에 붙어 지금도 명찰 밖 이름으로 그를 호명한다. 그러니 그

것 또한 그를 나무랄 일은 아니다. 고유명사라고 부르지만 그렇게 불러서 그렇게 된 것이지 원래 고유한 명사가 어디 있겠는가. 개똥이건 쇠똥이건 고유한 것은 이름이 아니라 존재의 본질밖에 없다. 개똥이와 쇠똥이는 그 본질이 입고 있는 옷에 붙여놓은 이름일 뿐인 것이다. 이름도 이름이지만 그는 나보다 한 살 적은 동생이기도 했다. 그러나 한 살 적은 그를 형이라고 부른 일이 크게 억울하진 않다. 고교 선배라고 우리에게 그를 소개했던 그 쪼다 형은 세 살이나 적은 그를 형으로 대우했으니 내 억울함 쯤이야 명함을 내밀 처지가 못 되는 것이다.

모든 것은 변화하고 성장한다. 물론 성장은커녕 퇴보하는 사람도 없지는 않다. 모든 것이 변화한다는 사실을 좀 더 그럴듯하게 말하면, '모든 것은 무상하다'가 된다. 무상하다는 말은 변하지 않고 그대로 있는 것이 없다는 애기다. 살펴보면 정말 변하지 않는 것은 없다. 그러니 나 또한 달라져야 하지 않겠는가. 이제 성취를 위해 뛰어드는 것보다 존재에 의미를 둬야 할 시기가 되었다. 끊임없이 추구하며 앞으로 나아가려 하는 마음을 주저앉히며 닥쳐드는 상황을 담담히 받아들여야 할 시기이다. 욕망에 사로잡혀 뭔가를 이루려 하기보다 광활한 우주 속에 홀로 서 있는 자신의 존재에 대해 성찰할 때가 깊어졌다는 말이다.

텅 빈 작업실에 앉아 때로는 온종일 깊은 생각에 빠지기도 한다. 조금 더 일하지 않겠냐는 제안을 받기도 한다. 여행을 가지 않겠냐는 권유나 어딘가에 투자하라는 유혹을 받기도 한다. 투자할 만한 어떤 것을 갖고 있지도 않지만, 버려야 할 시점에 더 가지려 했을 때의 결과를 나는 안다. 100세 시대니 어쩌니 하지만 다 허망한 소리이다. 100세를 살면 뭐 하겠는가. 100세가 되도록 살고 싶은 마음이 조금도 없다. 이제 더 욕망으로 일어나는 생각에 끌려갈 시간이 내겐 없다.

오래 넣어온 보험을 해지한다. 넣었다는 사실조차 망각한 채 돈만 빠져나간 보험이다. 아깝다는 생각이 들지 않으면 이상하다. 그러나 아까운 것보다 매달 빠져나가는 돈조차 알지 못한 채 살았던 스스로가 한심할 뿐, 뭔가에 빠져 있는 사이 인생이 순식간에 지나갔다. 몇 푼 안 되는 환급금이 계좌에 입금된다. 보험이 보장하는 미래라는 게 있기나 할까. 미래는 어디에도 없다. 머릿속에서만 존재하는 시간을 사람들은 미래라고 부른다. 보험을 불신하듯 가끔은 남들과 반대 방향으로 가는 것도 좋다. 남들이 일할 때 직장을 그만두고, 남들이 쉴 때 일하기도 한다. 믿었던 사람에게 배신당하기도 하고, 뜻밖의 존재에게 도움을 받기도 한다.

출판계에 있는 한 젊은 편집자가 말했다. "글과 사람이 같은 존재를 만나기가 힘들어요. 작가라는 앞모습과 너무 다른 뒷모습을 가진 사람들이 글을 쓰고 있어요. 존경할 사람이 없어요." 내가 대답했다. "존경할 수 있을지는 몰라도 앞과 뒤가 같은 사람과 친구로 살기는 힘들다. 인간은 다 앞과 뒤가 다르다." 환幻일지도 모르는 인생에 앞과 뒤가 같이 산다는 것은 얼마나 피곤한 일인가. 거울 없인 아무도 자신의 뒷모습을 볼 수 없으니 앞과 뒤가 일치하지 않는 것을 거짓말이라 막무가내 몰아붙이지는 말자. 인생을 헤쳐 나가는 방법은 여러 가지다. 그중엔 거짓말로 인생을 헤쳐 나가는 사람도 있다. 정치가나 예술가가 대표적이다. 정치가는 거짓말로 세상을 파괴하고, 예술가는 거짓말로 세상을 창조한다. 물론 관광객으로 세상을 구경이나 하다 가려는 사람도 많다. 어쩌면 구경이나 하다가 가는 삶이 잘 사는 것인지도 모른다. 구경꾼은 어떤 것도 해치지 않는다. 세상에 아무런 이득도 못 주지만 해를 주는 일도 없다. 거짓말쟁이이던 친구 역시 해를 준 일은 없다. 자동차의 트렁크를 열고 그가 공구함을 꺼낸다. 못 하나 박는 것도 제대로 못 하는 나를 위해 작업실 여기저기를 손봐주러 온 것이다.

사랑한다는 말은 언제라도 늦지 않다

돌아가신 지 어언 3년, 나는 아직 어머니에 대한 이야기를 제대로 할 수가 없다. 휴대폰의 사진첩을 뒤지다가 우연히 어머니와 찍은 사진이 눈에 띄기라도 하면 놀란 듯 얼른 화면을 바꾼다. 보고 싶지 않기 때문이다. 어머니가 보고 싶지 않은 것이 아니라 그리움에 빠지고 싶지 않기 때문이다. 그리움이 몰고 올 슬픔이 싫은 것이다. 빠지는 순간 슬픔이 모든 것을 삼켜버릴 것 같은 두려움이 아직 내게 있다.

슬픔을 모르는 척하며 지나가는 법을 터득한 것도 어머니 덕분이다. 온종일 벽만 보고 누워 있던 어머니를 돌보기 위해선 슬픔 같은 것에 져서는 안 되기 때문이다. 슬픔에 지지 않기 위해서는 슬픔을 외면하며 지나가야 한다. 낯선 사람 만난 듯 외면하며 딴전을 부리거나 시치

미를 떼야 한다. 유언 한마디 남기지 못한 채 세상 떠나야 했던 어머니를 생각하면 지금도 심장이 멎는 것 같다.

깊은 밤, 느닷없이 일어난 누이가 어머니 몸을 닦아드리고 속옷을 갈아입힌 뒤 침대에 다시 눕히는 순간 어머니는 숨을 멈추었다. 누이의 비명에 놀라 코끝에 손을 대자 들어가는 호흡도 나오는 호흡도 느껴지지 않았다. "엄마!"라고 크게 부를 마음은 애당초 없었다. 말 못 하신 지 오래였으니 대답을 기대할 수 없기 때문이다. 옷 입히는 동안 이승에 있던 영혼은 그렇게 침대에 누이는 사이 먼 길을 떠나신 것이다.

눈동자만으로 의사표시를 했던 그 기나긴 고통의 시간을 마감하며 그렇게 어머니는 우리에게 침묵으로 이별을 고했다. 체온이 발끝부터 서서히 빠져나가 마침내 이마가 차가워질 때까지 우리는 기도밖에 아무것도 할 수 있는 것이 없었다. 새벽은 서늘했고, 온기가 빠진 어머니 몸 또한 서늘해졌다. 미리 다 흘려서 그런 건지 눈물은 나오지도 않았다. 오히려 이제 비로소 자유를 얻으셨을 거라는 안도의 마음과 함께 고통스러운 여정이 마감되었다는 홀가분함 같은 것이 찾아왔다. 혹독한 시간이 너무 길었던 것이다.

생과 사가 지척 간에 있다고 하지만 누가 그 파란만장한 투병의 세월을 헤아릴 수 있겠는가. 메르스가 기승을 부리던 시절, 5인실이던 병실의 모든 침대가 비워지고 마침내 혼자 남게 되었을 때 "집에 가고 싶다"라고 조그맣게 속삭이던 어머니의 슬픈 목소리가 오랫동안 귓속에서 윙윙거렸다. 집에 가고 싶다! 너무나 당연한 소망 아닌가. 내 집에 내가 가고 싶다는데 누가 말릴 수 있겠는가. 그러나 나는 대답을 망설이는 스스로를 지켜봐야 했다. 7년이라는 긴 시간 동안 투병 생활을 한 집이었다. 돌아가면 다시 감당해야 할 힘든 일들이 발목을 잡았다. 간병하느라 지칠 대로 지친 누이를 떠올리면 선뜻 답을 할 수가 없었다. 나 또한 어머니 가신 뒤 결국 병을 얻었을 정도로 지치고 지쳤으니 "긴 병에 효자 없다"는 옛말은 결코 틀린 말이 아닌 것이다. 그러나 결국 어머니는 돌아오셨고, 모시고 온 지 3년 만에 이제 영원한 집으로 떠나셨다.

슬픔은 기쁨보다 힘이 세다. 슬픔은 강한 자도 약하게 만든다. 슬픔은 그저 못 본 척 딴청 부리며 피하는 게 좋다. 피하고 싶은 이야기이지만 어머니 이야기에 덧붙이고 싶은 것은 그림 이야기이다. 글을 쓰며 살던 내가 그림을 그리게 된 동기가 어머니이기 때문이다. 집으로 돌아와 온종일 벽만 보고 누워 있던 어머니는 어느 날 갑자기 벽에 입을 하나 그려달라고 하셨다. 그것이 내가 그림을 그리게 된 계기가 될 줄 그때는 몰랐다. 차츰 말을 잃어갔지만 그래도 겨우 몇 마디 짧은 말을 하실 수 있던 때였다. 얼마나 고독하셨으면 입을 그려달라 했을까. 날아와 과녁을 맞히는 화살처럼 어머니의 외로움이 내 가슴에 꽂혔다.

그길로 나는 입을 그렸다. 색연필로 그린 그림이었다. 일러스트를 배우는 지인 따라 백화점 문화 강좌에 몇 번 간 것이 학습으로는 전부였던, 배운 바 없는 그림이다. 한 달 과정의 백화점 강좌를 몇 번 나가고 그만둔 건 함께 가던 지인이 수강을 취소했기 때문이다. 그러나 무엇에 홀린 듯 나는 그림에 빠져들었고, 몇 개월 뒤 뭔가에 떠밀린 듯 연 전시회는 뜻밖의 성황을 이루었다. 전시한 그림은 다 팔려 나갔고, 화가라는 어색한 명칭이 이름 앞에 붙었다. 정말 무엇에 홀린 것 같았다. 눈에 실핏줄이 터지도록 그리기에 몰두하다 시간이 되면 깜짝 놀라 어머니 계신 집으로 달려가던 때의 일이다.

입을 그려 보여드리자 어머니는 일그러진 얼굴(파킨슨병은 모든 것이 서서히 굳어지며 얼굴 모습까지 바뀐다)에 웃음을 띠며 좋아하셨다. 입을 그리긴 했지만 사람의 입은 아니었다. 사람 입 대신 어미 새를 향해 입 벌리는 아기 새들의 부리를 그린 것이다. 어설픈 그림이지만, 슬픔과 절망의 병상에 새들의 부리는 잠시 웃음을 안겨주었다. 재미있어하는 어머니를 위해 그날부터 매일 그림을 그렸다. 그렇게 그린 그림을 모아 전시회를 연 것이다. 그러나 병이 진행되며 손가락 하나 까딱거리지 못할 지경이 되자 그림 보여드리는 일을 중단했다. 마지막 의사소통 수단은 눈동자였다. 눈을 깜빡거려 대화를 하며 어머니와 나는 돌아가신 뒤 장례는 어떻게 치를 것이며, 유골을 어디다 뿌릴 것인지 등 사후 문제를 의논했다. 의논이 아니라 일방적인 설명이었지만, 동의하면 눈을 깜빡거리라는 내 말에 어머니는 눈동자로 응답했다.

미안하다 아들아, 오래 누워 있어서.
얼른 가지 못해 미안하구나.
바깥엔 몇 번이나 계절이 지나가고
알아듣기 힘든 발음으로 어머니는
입술을 움직인다.

봄이 와도 미안하구나, 가을이 와도 미안하구나.
계절 바뀌는 것도 송구하다며
안 가고 오래 살아 죄인 같다며
떨어지는 꽃잎처럼 물기 다 빠진
입술 달싹거려 사죄한다.

_김재진, 〈미안하다〉 중에서

어머니와 나는 서로에게 사랑한다는 말을 해본 적이 없다. 감정 표현에 익숙한 세대가 아니었기 때문이다. 그러나 사랑한다는 말은 못 했지만 구부러져 불편한 손으로도 어머니는 문병 온 사람에게 손 들어 인사를 했다. 겨우 손목을 세워 흔드는 듯 마는 듯 하는 인사였지만, 그건 이번 생에선 다시 못 볼 지인들을 향한 작별의 말 같은 것이었다. 어린아이가 손가락을 폈다 쥐었다 죔죔 하듯 쪼그라져 볼품없는 손으로 하는 그 인사는 보는 이의 마음속에 꽃 한 송이씩을 피웠다. 꽃이 별것이겠는가. 꽃은 나무가 피워 올린 탄식 같은 것이다. 수많은 탄식이 쌓여 산을 이루고, 그 산을 등에 진 채 우리는 한세상을 넘는다. 진흙 속에 피는 연꽃처럼 오므렸다가 펴는 어머

니의 그 손을 우리는 연꽃 손이라 불렀다. 바람에 살랑거리는 연잎을 떠올리게 하는 그 인사를 우리는 연꽃 인사라고 불렀다. 연꽃은 지고 계절은 가을로 넘어갔다. "낙엽 따라 가버린 사람"이라는 노래 가사처럼 가을날 새벽, 어머니의 연꽃 인사는 낙엽과 세상에 이별을 고했다.

꽃은 지고 나면 다음 해에 또 피지만, 사람은 가고 나면 돌아올 줄 모른다. 어머니께 하지 못한 한마디는 오래오래 내 가슴속에 후회로 남아 있다. "사랑한다"는 말 한 번 하지 못한 시간을 돌아보며 손가락 움직여 나는 허공에 '엄마'라고 써본다. 아무도 없는 허공 위로 "사랑해요" 하고 불러본다. 사람이 떠난 자리엔 후회만 남는 법, 아끼지 않아도 되는 말을 아꼈다는 자책으로 나는 어둠 속에 탄식 하나 토해놓는다. 사람은 가도 사랑은 남는다. 언제라도 사랑한다는 말은 늦지가 않다.

2

모든 것은 변화하고 성장한다

삶은 모두
불꽃을 가지고 있다

이상한 일이었다. 마치 말이 통하는 누군가가 앞에 있는 것처럼 나는 할아버지가 손자에게 이야기하듯 고양이에게 말을 건넸다.

"삶은 모두 불꽃을 가지고 있다."

내 앞에 앉아 있는, 정확하게 말하면 나로부터 3미터 정도 떨어진 곳에 웅크린 채 앉아 있는 길냥이는 묶이지 않았지만 묶인 것같이 부자유스러운 자세였다. 검은 고양이이지만 입고 있는 옷은 털이 빠지고 때가 묻어 병든 모습이 역력했다. 조금 더 다가가면 도망갈 것 같아 나는 쪼그리고 앉은 자세로 이야기를 이어갔다.

들려주고 싶은 이야기의 핵심은 '삶은 저마다 불꽃을 가지고 있다' 그 한 줄이었다. 지금 상처받아 고통 속에 있다 해도 삶은 저마다 불꽃을 가지고 있다. 아직 그 순간이 오지 않았거나 설령 그 순간이 지났다 해도 삶이 가지고 있는 불꽃은 결코 사그라들지 않는다. 알아듣지도 못할 고양이한테 그렇게 넋두리하듯 이야기한 것은 무슨 까닭일까? 고양이에게 나는 내 심정을 투사하고 있었던 건 아닐까. 아니면 병든 생명에 대한 연민이었을까. 그렇게 무슨 말이라도 하며 나는 나 자신을 위로하려 한 것일지도 모른다. 고양이 눈이 젖어 있다고 느낀 것 또한 내 마음이 젖어 있었기 때문일 것이다. 어머니를 보내고, 오래 정든 곳을 떠나 낯선 곳에서 새로운 시작을 도모하던 나는 그때 강 위를 스쳐가는 바람같이 마음이 흠뻑 물기를 머금고 있었던 모양이다.

겨울을 나야 할 목련나무가 어둠 속에 서 있다. 강원도 산골엔 많은 눈이 내릴 것이라고 한다. 겨울이 오는구나. 반쯤 입을 벌려 숨을 크게 들이마셨다가 탄식하듯 내뱉는다. 먼 산에 내리는 눈을 생각하면 가슴이 덜커덩, 소리를 낸다. 내리는 눈 속을 걸어가던 누군가를 생각하면 바람에 문이 닫히듯 가슴이 우르르, 소리를 내며 무너진다. 고양이는 어렵게 일어나 힘들게 어둠 속으로 사라져 갔다. 사라지는 녀석을 눈으로 따라가다 나는 허공에 희끗 눈발이 날리는 걸 본다. 아니다, 그것도 착각일지 모른다. 자꾸 헛것이 보이는 것은 무엇 때문인가. 이야기를 하느라 먹을 걸 주지 못했구나. 뒤늦은 후회가 털 빠진 고양이의 빛바랜 외투처럼 구차하다. 고양이는 이제 보이지 않는다. 말이 통한다고 생각한 건 아마도 나 혼자 꾸는 꿈같은 것이리라.

수많은 착각과 변명 속에 인생이 간다. 더럽고 탈색한 옷을 입고 있는 고양이처럼 내게도 언젠가 아무것도 할 수 없는 시간이 올 것이다. 인생은 무심한 날이 있는가 하면 눈물 흐르는 날도 있다. 눈물 흐르는 날이 있는가 하면 불꽃처럼 타오르는 날도 있다.

병원에 모시지 않고 집에서 노모를 간병하던 시절, 하루하루가 너무 힘들어 '번들쇠'라는 모임을 만들자는 내용을 SNS에 올린 적이 있다. 모임에 참석하겠다고 댓글을 단 사람 중엔 나처럼 병든 노모를 모시며 힘들어하는 이가 또 있었다. 번들쇠, '번개 치는 날 들판에 쇠붙이 가슴에 달고 서 있자'는 말을 줄여서 만든 이름이다. '불꽃처럼 살다가 번개처럼 가자'는 번들쇠의 구호였다.

그렇게 살다 가면 좋겠다. 누군가에 의지해 구차한 목숨 이어가지 말고 불꽃처럼 타오르다가 단숨에 꺼져버리는 인생이라면 좋겠다. 복받쳐 오르는 날이야 어쩔 수 없

다 해도 흐르는 것은 흐르는 대로 내버려둔 채 아무 일 없다는 듯 무심히 살다가 갔으면 좋겠다.

전류는 저항이 있기에 열을 내고, 인생의 모든 길은 아픔을 지나가야 새로운 길과 연결된다. 터널을 통과하는 동안 생은 깜깜하지만 세상의 모든 삶은 저마다 불꽃을 가지고 있어 견딜 수 있다.

그냥
깻잎 한 장

금요일과 토요일, 이틀 동안 아무것도 하지 않았다. 한 몇 년 끊임없이 뭔가를 했던 내게 아무것도 하지 않았다는 말은 쓰는 일과 그리는 일을 하지 않았다는 말과 다르지 않다.

제법 나이가 들던 언젠가부터 인생이 그다지 길지 않다는 사실을 통감하며 '불꽃같이 살다가 번개처럼 가자'는 결심을 마음에 새기고 또 새기며 하루하루를 보냈다. 그런 와중에 이틀을 '아무것도' 하지 않고 지낸 것은 드문 일이다. 좋아하는 하모니카야 반사적으로 한 번씩 부는 거니 거기엔 아무런 의식이 끼어들 여지가 없다. 그냥 이 방 저 방 곳곳에 하모니카를 놓아두고 눈에 띄면 군것질하듯 입으로 가져갔을 뿐 그것을 했다 해서 뭔가를 했다고 말할 수는 없는 노릇이다.

그림 또한 터져 나오듯, 쏟아져 나오듯 그렸다. 손 가는 대로 붓 또한 정신없이 따라가며 그려댄 것이다. 그것도 마치 하모니카 불 듯 뚜렷한 의식이 없는 상태로 했던 것인지 모르겠다. 붓을 들면 터져 나오고, 글자판 위에 손을 얹으면 깊은 산중 밤하늘의 별처럼 쏟아져 나오던 것들이 중단되었으니 심심하거나, 무료하거나, 아니면 허무한 마음이 드는 것 또한 정상일지 모른다. 창밖의 백일홍은 마지막 열정을 불태우는지 진분홍으로 난리 블루스이고, 석축 아래 나무수국은 고요한 듯 흐드러지는데, 오늘 같은 날은 어느새 산山 냄새도 다르다. 계절이 바뀔 때가 되어가는 것이다.

아무것도 하지 않는 동안 나는 오래 안 보던 사람과 만나기로 약속을 하고, 멀리 간 아이에게 카톡을 하며, 이대로 아무것도 하지 않은 채 살다가 가면 어쩌나 하는 불안을 잠시 만지작거리기도 한다. 그러나 아무것도 하지 않고 살아갈 수 있는 것이 도道이다. 도 닦는다고 하지만 흔히 하는 말로 '여여하게 사는 것'이 진짜 도道이다. 아무것도 하지 않으며 마음 편할 수 있다면 그것이 바로 도가 추구하는 일이니 도 닦는 것은 마음이 아무것도 저지르지 않는 일이다. 그리워하고, 안타까워하고, 시기하고, 미워하며 이런저런 궁리에 빠지고, 자책하는 등 마음이 저지르는 일이 얼마나 많은가.

설령 그것이 도가 아니라도 아무것도 하지 않고 살면 어때. 살 만큼 살았다. 병상에 누운 채 가시지 못하고 있는 노모를 매일 보며 '얼른 헌 옷 벗으소서. 몸뚱이 없는 자유로운 세상으로 어서어서 가소서' 하며 기원하던 나 아닌가. 그런데 우리가 '나'라고 굳게 믿고 있는 이 몸뚱이가 사라지고 나면 정말 자유로워질까? 몸뚱이 없는 '나'를 상상해본 적은 있는가? 우리는 대부분 몸을 '나'라고 생각하며 산다. 그래서 몸이 아프면 내가 아프다고 생각하고, 몸이 사라지면 내가 사라진다고 생각한다. 몸 때문에 겪어야 할 일이 얼마나 많으며, 얼마나 많은 벽이 몸 때문에 도처에 겹겹이 층층이 세워져 있는가. 가족이나 자신이 아파보면 안다, 몸이 감옥이라는 사실을.

나무수국 아래 저절로 자란 깻잎 몇 장 뜯어본다. 걸어다닐 수 있던 시절 어머니가 좋아하던 깻잎이다. 벌레가 먹었는지 구멍이 듬성듬성한 깻잎을 보며 구멍 듬성듬성한 내 인생을 돌아본다. 누군가가 말했다. 드라마틱한 인생이었다고. 그리고 또 누군가가 말했다. 노매드였다고. 깻잎의 향기를 코로 들이마시며 내가 하는 호흡에다 대고 주문을 건다. 들이마시는 숨에 들이마심, 내쉬는 숨에 내쉼, 하고 이름을 붙이며 호흡에 집중한다. 아는 사람은 알지만, 호흡에 집중한다는 말은 곧 명상을 시작한다는 말과 다르지 않다. 명상에 대해 이러쿵저러쿵 많은 이론과 설을 갖다 붙이지만 명상 또한 별것 아니다. 아무것도 안 하고 살아가는 것이 도라면 명상 또한 그와 다르지 않다. 명상이란 초능력이 생기는 뭔가도 아니며 사람이 달라지는 혁명 같은 것도 아니다. 명상을 가르치고 배운다고 하지만 그것을 어떻게 가르치고 배울 수 있는가? 그것의 궁극은 마치 그림이나 시와 같아서 가르쳐주려 해도 가르쳐줄 수가 없으며 배우려 해도 배울 수가 없다. 명상은 그냥 살아 있는 것을 느끼고 깨닫는 것이며 혼자 왔다가 혼자 가듯이 혼자 하는 것이다.

내가 살아 있는지 아닌지를 누구에게 묻고, 숨 쉬는 것을 누구에게 배울 수 있단 말인가? 명상이란 그냥 그 자리에 그냥 있는 것이다. 아무것도 안 하고 여여하게 지금, 여기 현존하는 것이다. 마음으로 아무것도 저지르지 않고 모든 것이 공空하다는 걸 알아차리는 것이다. 그냥 살아 있다는 것을 매 순간 자각하는 것이다. 물을 것도 없고, 가르쳐줄 것도 없이 그냥 물을 마실 때 물을, 바람을 만날 때 바람을, 숨을 내쉬고 들이마실 때 숨을 알아차리는 것이다. 깻잎 한 장을 깻잎 한 장이라고 인식하는 것이다. 그러니 그냥 아무것도 안 하는 것이다. 마음으로 아무것도 저지르지 않는 것이다.

아야진

자두꽃이 만발하고, 명자꽃이 붉은 연서를 내밀고 있다. 너를 사랑하지만 나는 네 연서에 답장을 쓸 연륜이 아니다. 봄은 순정의 빛깔을 내보이지만, 봄에 사랑하는 이는 꽃들의 적이 되니 사랑이란 다 바보 같은 일이다.

기다리던 인동초의 연둣빛 이파리가 생기를 머금고 있다. 교하의 벚꽃들이 일제히 소리를 지르지만, 그도 나도 다만 고요할 뿐. 한동안 향기로 나를 설레게 할 꽃을 준비하느라 인동초는 침묵의 카르텔을 깨뜨리지 않는다. 지금 나는 저들의 주인이지만 향기를 터뜨리는 몇 주 동안 저들은 아마 내 주인이 될 것이다.

봄을 맞이하기 위해서가 아니라 이미 가버린 겨울의 뒷모습을 보기 위해 동해로 간다. 당연히 겨울 바다를 좋아한다. 그렇다고 봄 바다를 싫어하는 것은 아니다. 그러나 봄이라도 아직은 겨울이 남아 있는 봄 바다를 좋아한다. 겨울의 뒷모습을 따라가기 위한 목표지로 아야진을 정했다. 길고도 긴 터널을 몇 개씩 지나 설악산 바라보이는 속초에 다다른 차가 방향을 조금 더 북쪽으로 틀어 고성 쪽으로 올라가면 만나는 포구가 아야진이다. 여름이면 해수욕장이 될 이곳의 썰렁한 풍경과 함께 아프다고 소리 내는 듯한 그 이름을 좋아한다. 유난히 포구가 아름다워 가는 것이 아니라, 겨우내 "아야, 아야" 소리 내며 아팠던 내 영혼을 달래기 위해 찾아가는 행로이다.

아야진, 얼마나 예쁜 이름인가. 그곳에서 늦은 점심을 먹었다. 여전히 아름다움이 남아 있는 초로의 벗을 앞에 둔 채. 나이를 먹는다는 것은 때로 얼마나 좋은 일인가. 나이를 먹는다는 것은 이성도 동성과 같이 벗이 되는 일이다. 나이를 먹는다는 것은 간절하게 매달려야 할 어떤 것도 없어지는 일이다. 나이를 먹는다는 것은 스스로 만들었던 벽을 스스로 허무는 일이다. 나이를 먹는다는 것은 소유의 관계가 존재의 관계로 바뀌는 일이다. 그리고 나이를 먹는다는 것은 비로소 아야진 바다를 보며 제주 바다를 생각하는 일이다.

제주 바다를 떠올리면 파도가 부서지는 월정리 지나

세화가 생각난다. 애월에서 표선까지 바다는 멀어도 에메랄드빛으로 아름다웠고, 그날 밤늦도록 우리는 카페에 있었다. 멀리, 존재하지도 않는 연인에게 편지를 보내듯 그와 나는 인생의 꿈과 예술의 꿈을 이야기했고, 마침내 모든 꿈은 개꿈이라는 결론을 도출한 뒤 자리에서 일어섰다. 그래, 모든 꿈은 개꿈이다. 심야 1시, 손님 없는 겨울 해변엔 그 시각까지 문을 여는 가게가 없다. 톱밥 난로가 타던 강원도의 겨울 찻집을 생각하며 바람 드센 자동차를 달리는 우리는 그저 무명의 가객(그가 노래를 부르는 뮤지션이고 나는 시를 노래라 주장하는 시인이니)일 뿐 찾아보면 어디에도 우리를 알아보는 이는 없다.

파도가 소리를 내고, 침묵이 으르렁거리는 짐승처럼 느껴질 때가 있다. 섬의 창문은 있는 힘을 다해 창문을 구타하고, 동백 떨어지는 소리가 환청인 양 멀어졌다 가까워졌다 한다. 머리카락 사납게 헝클어놓는 길을 밟고 우리는 밤의 해변을 거슬러 그렇게 돌아간다. 숨어 있던 펜션의 불빛이 담요 속에 넣어둔 손처럼 따뜻하다. 각자의 침대로 헤어져 자리에 눕자 문자가 날아왔다. "왜 하모니카를 안 불어요? 바람 소리 때문에 들리지 않는 건가?" 물음표 2개가 찍혀 있는 문자를 보는 순간 일어서 바

아야진항

깥으로 나갔다. 카페에 하모니카를 두고 온 것이다. 창문을 구타하던 바람이 바다를 구타하고, 깜깜한 어둠 속에서 파도가 하얗게 비명을 지른다. 파도의 비명을 귓전으로 흘리며 두고 온 연인을 찾아가듯 나는 자동차를 몰았다.

하모니카를 잃어버리듯 때로는 까맣게 잊은 사람에게서 연락이 올 때가 있다. 속초에서 아야진까지 가는 동안 불심검문하듯 걸려온 전화 한 통. 문자 한 번 없던 이에게서 걸려온 뜻밖의 전화는 이제 모든 것으로부터 물러난 그가 외롭다는 신호이다. 외로워서 느닷없이 잊었던 이가 떠오르고, 외로워서 옛 친구의 안부가 생각나는 것이다. 그 사람을 다 아는 것처럼 말하지만 우리는 그 사람을 모른다. 그 사람의 슬픔과 그 사람의 아픔과 그 사람의 고독을 우리는 알 수가 없다. 잘나가는 것은 한때지만 영원하지 않다. 못 나가는 것 또한 한때일 뿐 영원한 것은 아니다. 다음 생이 있는지 확인할 수 없지만, 이생의 아픔과 이생의 고난은 다음 생의 거름이 되어 꽃으로 필 것이다. 타인에게 베푼 선행이 뒷날 내게 선물로 돌아오듯 그렇게 되어 있다, 인생은. 뜻밖의 반전이 인생에 숨어 있듯 까맣게 잊어버린 사람이 느닷없이 안부를 물으며 그때는 내가 잘못했다고, 정말 미안하다고 전화를 걸어올 때가 있는 것이다.

내 안의 가면

"밤의 문신을 읽어내고, 정오의 태양을 정면으로 바라보고, 가면 또한 벗겨내야 한다." 옥타비오 파스는 그의 시 〈깨어진 항아리〉에서 이렇게 노래했다. 멕시코의 언어에 대해, 그리고 옥타비오 파스의 시에 대해 문외한인 나는 "햇볕으로 목욕하고 밤의 과실을 따 먹으며 별과 강이 쓰는 글자를 해독해야 한다"고 노래하는 그의 시를 이해하기보다 다만 느낄 뿐이다.

그런데 왜 그를 나는 대륙의 횃불 밑에 앉아 떠올렸던가? 그때 나는 중국을 여행 중이었고, 무후사 뒤뜰에 앉아 변검變臉을 보고 있었다. 쓰촨성(사천성)의 비밀스러운 기예인 변검은 변화무쌍한 인간의 심리 상태를 표현하고 있다. 한때 쓰촨성 출신의 남자에게만 비밀리에 전승되었다고 하는 변검은 등장인물의 감정 변화에 따라 가면

이 바뀌는데, 바뀌는 속도가 전광석화라 변하기 잘하는 인간의 마음과 닮아 있다.

변검을 보며 옥타비오 파스를 떠올린 건 아마 그가 말한 "시는 인간의 모든 작위의 헛된 위대함에 대한 아름다운 증거를 감추고 있는 가면이다"라는 구절 때문이었을 것이다. 그러나 그의 말처럼 시만 가면인 것은 아니다. 인간 또한 죽을 때까지 가면을 쓴 채 살아가는 존재이다. 다양한 가면이 변검에 등장하듯 살기 위해 우리는 수시로 얼굴을 바꾸어야 하는 것이다.

인심이 어떻게 바뀌는지는 직장 떨어지고, 돈 떨어져 찬밥 신세가 되어봐야 알 수 있다. 그래도 바뀌지 않는 친구나 변함없는 연인이 있다면 그것만으로도 괜찮은 인생을 살았으니 좋은 시절 다 갔다고 한탄할 이유가 없다. 직장 그만둔 뒤, 하루에도 수십 통씩 걸려오던 전화가 단 한 통도 오지 않을 무렵 인생은 작심하고 뭔가를 가르치려 멍석을 펴기 시작한다. 스스로 감당해야 할 은둔과 좌절의 시간이 비로소 고통의 터널 문을 여는 것이다. 그러나 인생에서 배워야 할 많은 것은 바로 실패와 좌절 속에서 극대화되니 가장 밀도 높은 배움은 터널 속에서 이루어진다. 터널의 깜깜한 절망이 스승 역할을 하는 것이다.

말로만 듣던 변검 공연을 처음 본 곳은 쓰촨성의 성도인 청두에서였다. 주자이거우(구채구: 티베트의 9개 부락이 있다고 해서 붙은 이름)에 가기 위해 들른 곳인데, 쓰촨 약식과 함께 증류식 술인 바이주白酒 등 유명한 게 많은 고장이지만, 채식주의자에 술을 먹지 않는 내겐 그런 먹거리보다 변검 공연을 하는 사당 무후사가 흥미로웠다. 무후사는 이름(제갈공명의 시호가 충무후忠武侯) 그대로만 보면 제갈공명을 모시는 도교 사당이지만, 유비 · 관우 · 장비가 도원결의를 한 곳이기도 하다.

무후사 뒤뜰, 횃불 아래 앉아 변검을 봤다. 밤은 깊어가고, 탁자 위에 얹어놓은 해바라기씨를 까 먹으며 보는 공연은 신기하고 놀라웠다.

그날 변검과 함께 잊을 수 없던 공연은 막간에 소개한 중국 전통악기 얼후 연주였는데, 해금과 마찬가지로 두 줄로 된 현악기인 얼후 소리가 들려주던 애절함은 지금도 기억에 생생하다. 단 두 줄의 현으로도 그렇게 아름답고 풍부한 소리를 낼 수 있다는 사실을 그날 나는 무후사 뒤뜰에서 처음 알았다. 변검의 신기한 기술과 함께 마치 눈물 흘리듯 두 줄로 흐느끼는 얼후 소리에 감동을 받았다고나 할까.

그러나 감동 또한 가면일 때가 많으니 그날 밤의 감동이 그렇게 오래도록 내 마음을 적신 것도 어쩌면 횃불과 해바라기씨, 그리고 너무 붉어 터질 것 같던 대륙의 석류 같은 밤 정취 때문이었을지 모르겠다.

그러니 내가 쓰고 있는 가면을 너무 감추려 하지는 말자. 살아가면서 가면은 필요할 때가 있으니까. 다만 그것이 변검의 가면처럼 흥미로운 것이 되도록 나 또한 여러 개의 가면을 사용하고 있다는 사실을 알아차리며 살자.

사랑과 존중

겸손과 낮은 자존감은 다르다. 참된 겸손은 무조건 자신을 낮추는 것이 아니라, 상대와 나를 같은 눈높이에서 바라보는 것이다. 겸손한 사람은 결코 자존감 낮은 사람이 아니며, 자존감 높은 사람의 겸손이 진짜 겸손이다. 반면 자존감 낮은 사람의 겸손은 겸손이 아니라 비굴이나 자학인 경우가 많다. 괜찮은 외모와 괜찮은 학벌과 괜찮은 사회적 지위를 가지고 있음에도 불구하고 스스로 못났다고 여기는 사람은 왜 그런 것일까?

겉으로는 어디 하나 부족할 것 없어 보이는데도 무슨 이유에선지 내면의 자존감이 낮은 이들은 그 낮은 자존감 때문에 많은 갈등을 겪는다. 잘 나서지 않고 움츠리듯 타인의 이야기를 듣기만 하는 그들을 사람들은 겸손하다고 평한다. 하지만 그런 평가는 타인의 것일 뿐 그들은 그런 평가에 동의할 수 없다. 밖으로는 드러내지 않지만 스스로 자신을 못났다고 여기기 때문이다. 반면, 별로 내세울 것 없는데도 당당한 사람들이 있다. 자존심이 강한 유형이거나 아니면 잘난 척하는 유형이다. 이런 사람들의 내면 또한 겉으로 보이는 모습과는 다를 때가 많다. 실제로 자존감이 높은 사람은 삶과 조화를 이루어 주변 사람들과 쉽게 동화되지만, 잘난 척하는 유형은 그러지 않는다. 잘난 척하는 이는 보이는 겉모습과 달리 내면이 열등감으로 꼬여 있기 때문이다. 내면의 그 열등의식을 만회하기 위해 그들은 잘난 척, 있는 척, 아는 척하는 것일 뿐 결코 자존감이 높은 것이 아니다.

똑똑한 여성이 있었다. 철밥통이라 여기는 직장의 중간 간부인 그녀는 겉으로 보기만 해도 똑 부러지게 일 처리를 할 것 같은 스타일이었다. 행사 자리에서 그녀를 만났는데, 그곳에서도 그녀는 빛났다. 시키지 않아도 알아서 척척 일 처리를 하는 노련한 솜씨는 눈길을 끌 만했다. 이후 몇 번 더 모임에서 그녀를 만났다. 그러는 동안 그녀의 다른 모습이 눈에 띄었다. 타인의 의견을 무시하는 것이었다. 겉으론 잘 들어주고 수긍하는 것 같았지만, 그건 자기보다 못하다고 느끼는 사람한테만 해당할 뿐

경쟁심을 느낄 만한 위치의 사람들에겐 냉정했다. 타인을 배려하고 잘 도와주는 듯 보였지만, 도움의 대상이 제한적이었던 것이다. 시간이 더 지나 가까워지면서 여자의 내밀한 이야기를 들을 기회가 있었다. 왜 내게 그런 고백을 했는지 알 수 없지만, 나이 들어 만난 남자 친구에게 맞고 산다는 것이었다. 여자는 골드미스의 대표 케이스였다. 그 이야기를 듣자마자 나는 "왜 당장 헤어지지 않나요?"라고 물었다. 남자가 여자를 때린다는 말에 불쑥 화가 치밀어 오른 것이다. 이렇게 똑똑한 여자가 남자에게 맞고 살다니 도무지 납득이 가지 않았다. 스스로 법 감각이 뛰어나다고 말한 이가 그녀였다. 화난 듯 내뱉은 내 말에 그녀는 머뭇거렸다. "그 남자를 사랑해서 그런가요?" 다시 내가 다듬어지지 않은 소리로 물었다. "모르겠어요." 그녀의 대답이었다. 똑똑한 모습은 간곳없었다. "폭력은 절대 사랑이 아니에요. 자신의 감정에 솔직해야 돼요." 그 말을 끝으로 나는 화를 접어야 했다. 대화를 나누는 장면이 마치 심문하고 자백하는 취조 행위 같아 주제넘다는 생각이 들었기 때문이다.

그 뒤 그녀는 더 이상 모임에 나타나지 않았다. 상담 방법에 대해 공부한 적 없는 내가 상담이 필요한 그녀에게 말실수를 한 건 아닌가 하는 뉘우침이 왔다. 그녀의 자존심을 건드린 것일까? 그때 그녀에게 필요한 도움은 어떤 것이었을까? 이러한 의문은 그러나 내 몫의 질문이 못 되었다. 오래가지 않아 그녀를 잊어버린 것이다. 자존감 이야기를 하면 떠오르는 사람이다.

잘난 척, 예쁜 척, 있는 척하는 우리의 행위는 뭔가 감추고 싶은 것이 많은 에고ego가 취하는 자기방어 같은 것이다. 없으면서 있는 척, 모르면서 아는 척하며 우리는 내면의 꼬여 있는 진실을 숨기려 한다. 우리가 세상에서 너무나 자주 만나는 사람이 바로 '척하는' 유형이다. 모쪼록 그런 유형을 만나면 무조건 비난하진 말자. 우리도 그런 사람일 때가 많으니까. 잘난 척하지만 알고 보면 그들은 결코 잘난 사람이 아니다. 그들을 만나는 순간 느리게 가는 달팽이를 바라보듯 '저 사람의 에고는 진화 속도가 몹시 느리구나' 하며 가볍게 알아차리고 넘어가면 될 뿐이다.

내면이 꼬인 사람은 타인의 지적에 공격적 반응을 보이기 쉽다. 상처가 많은 사람은 자존감 또한 낮다. 아마도 어린 시절 제대로 된 사랑을 받지 못했거나, 좌절의 경험을 딛고 일어서지 못한 아픔의 흔적이 그의 자존감에 상처를 입혔으리라. 낮은 자존감은 상처를 받기 쉬우니 예사로 건넨 이야기를 턱없이 확대해서 받아들이거나, 100그램밖에 안 되는 아픔의 무게를 1톤 무게로 높여 자신을 괴롭힌다. 스스로 자신을 비하하거나 학대하는 낮은 자존감의 원인은 아마 자신이 자기를 믿지 않는 셀프 불신 때문일 것이다. 그런데 정말 나는 왜 나를 믿을 수 없는 것일까? 스스로 능력이 부족하다고 여기는 것도 한 원인이며, 자신의 삶이 비도덕적이라고 믿는 생각 또한 또 다른 원인이 될 수 있다. 자신의 인생이 스스로 정해놓은 삶의 기준에 미달한다는 자각이 셀프 불신을 만드는 것이다. 그러나 타인의 평가나 사회가 만들어놓은 규격에 따라 자신의 존재를 부족 또는 미흡 같은 부정적 단어로 규정하는 행위에서 벗어나야 한다.

낮은 자존감을 회복하기 위해서는 먼저 자신에 대한 불신을 거두어야 한다. 스스로를 신뢰하라는 말이다. 자신을 신뢰하라는 말을 자뻑이나 오만 같은 것으로 오해해선 안 된다. 때로 자뻑은 삶의 활력을 위해 필요하기도 하지만, 정도를 넘은 자뻑이나 오만은 일종의 정신병이다. 찾아보면 그것의 밑바닥에도 역시 낮은 자존감으로 인한 자기 비하가 숨어 있을 것이다. 자신을 신뢰하기 위해 우리가 일차적으로 해야 할 일은 타인에 대한 이유 없는 비난을 삼가고, 내가 한 말과 행위에 책임을 지는 것이다. 책임을 지는 길 또한 먼 곳에 있는 것이 아니다. 그것은 작은 용기에서부터 시작되니 "미안합니다. 제게 잘못이 있습니다"라고 솔직하게 실책과 과오를 인정하는 것이 첫 번째 일일 것이다.

살아가면서 우리는 자신의 잘못을 타인에게 떠넘기거나, 그러기 위해 누군가 희생양을 찾아 두리번거리거나, 억울한 상대에게 비난의 화살을 쏘아대는 모습을 자주 목격한다. 그 또한 자존감 낮은 사람들이 저지르는 일 중 하나이다. 스스로의 불신을 타인에게 투사해 상대를 나쁜 사람으로 만들며 자신을 합리화시키는 것이 그들이 지닌 에고의 전략이다. 그러나 낮은 자존감을 부여잡고 있는 이상 우리는 그 낮은 세계의 현실을 반복적으로 경험하게 될 것이다. 누군가를 끊임없이 비난하고 욕한다면 결과적으로 우리는 비난과 욕설이 자아내는 낮은 차원의 현실을 스스로 끌어당기는 셈이 된다. 그러나 만약 욕설과 비난 대신 덕담과 칭찬하기를 선택할 수만 있다면 우리는 그 순간 높은 차원의 현실 속으로 자신의 의식을 상승시키게 될 것이다.

우리는 자기가 믿는 딱 그만큼의 세상과 만난다. 어떤 풍요로운 현실 속에 놓여 있다 해도 당신의 마음이 불만에 사로잡혀 행복하지 않다고 믿는다면 현실은 결핍된 상황으로 당신을 괴롭힐 것이다. 무엇인가를 불신하는 한 우리는 결코 조화로운 세상과 만날 수 없다. 나 스스로를 불신하는데 어찌 내가 행복해질 수 있겠는가? 제대로 된 겸손을 배우기 위해선 먼저 자신에 대한 존중과 사랑이 커져야 한다. 자신에 대한 존중과 사랑이 커지기 위해선 지금 내 눈앞에 있는 누군가를 사랑하는 마음이 생겨야 한다. 타인과 나는 분리되어 있는 것 같지만 사실은 연결되어 있기 때문이다. 누군가를 사랑하는 마음이 생기려면 세상을 사랑해야 한다. 세상을 사랑한다는 말은 무엇인가? 세상과 나와의 관계를 조화롭게 맺는다는 말이다. 그런 조화로운 관계를 맺기 위해 우리가 먼저 해야 할 일은 세상 앞에 정직해지는 일이다. 정직이란 자신의 부족함을 인정할 수 있는 용기 같은 것이니 자신에 대한 존중과 사랑에도 용기가 필요한 것이다.

신의 벼룩

쓰레기와 진품은 큰 차이가 없다. 쓰레기인지 진품인지는 대상을 판단하고 의미를 부여하는 인간의 잣대에 의해 달라질 뿐 고유의 가치란 어떤 것에도 없다. 모든 것이 화폐의 크기로 환산되는 세상에선 큰 것만이 진품이 된다. 도난당한 구스타프 클림트의 작품이 23년 만에 쓰레기봉투 속에서 발견되었다. 그러나 클림트가 누구인지도 모르는 사람에게 그의 그림이 무슨 가치가 있겠는가. 진품은 당신 눈앞에도 널려 있다. 당신이 모르고 있을 뿐.

가령 마크 로스코의 작품이 1,000억 원에 거래되었다면 전시회장을 찾은 당신은 놀랍다는 표정을 지으며 아마 1,000억 원만큼의 의미를 찾기 위해 고심할 것이다. 그러나 당신은 끝내 의미를 찾지 못할지도 모른다. 1,000억 원이라는 액수의 돈이 어느 정도의 가치를 지니고 있는지 알 수 없기 때문이다. 우리가 모르는 미지의 세계가 우리의 현실이 아니듯 가치란 결국 내가 아는 범위 내에서 결정되는 어떤 것이다. 1,000억 원이란 액수는 우리가 경험할 수 있는 현실 세계가 아닌 것이다.

그러나 1,000억 원의 근거를 찾기 위해 사람들은 전문가라는 이들의 판단과 평가에 의지한다. 마치 1,000억 원의 가치를 경험이라도 해본 듯 대상을 해석하고 평가하는 전문가라는 사람들이 그림의 가치를 액수로 결정하고 조정하는 것이다. 그들이 정해놓은 규격에 맞추어 사람들은 그림을 감상하는 것이 아니라 그림값을 감상한다. "천문학적인 가격이야. 1,000억 원이나 하네" 하며 혼자서는 계산이 안 되던 그림의 가치를 숫자의 크기만으로 단번에 납득하는 것이다.

진실한 예술의 세계엔 그러나 1,000억 원짜리란 없다. 그것은 단지 자본주의가 만들어낸 숫자일 뿐 우리가 공감하고, 감동하는 예술이란 숫자와는 별개의 세상에 존재하는 희망이나 꿈같은 것이다. 그것은 화폐가 가리키는 유형의 재산 같은 것이 아니라 절대적 내면의 공간에 세워진 환상 같은 것이다. 로스코의 작품 앞에 섰던 많은 사람이 눈물을 흘리는 것은 결코 1,000억 원이라는 작품의 가치 때문이 아니다. 그림을 설명하는 큐레이터 대신 눈물을 흘리는 관객을 위한 상담사가 필요하다는 로스코의 작품은 파란만장과 우여곡절의 인생을 넘어온 영성적인 한 존재가 빚어낸 혼의 울림이 보는 이로 하여금 눈물을 흘리게 하는 것이다. 그 누구도 숫자 때문에 우는 사람은 없다. 숫자는 결코 감동을 자아내지 못한다. 생전의 로스코는 이렇게 말했다. "내 그림을 보고 누군가 감정이 분출해 눈물을 흘린다면, 그 순간이 바로 그림을 매개로 그와 내가 소통하는 순간"이라고.

그림이 팔리지 않아 결국 고향으로 돌아가 농사짓는 화가를 안다. 아니, 내가 모를 뿐 그런 화가는 무수히 많을 것이다. 고흐는 생전 단 한 점의 작품만을 팔 수 있었다고 한다. 그가 세상으로부터 당한 치욕과 모멸은 익히 알려진 사실이니 더 말해서 무엇 하랴. 이중섭 또한 마찬가지이다. 어느 한 사람 거들떠보지도 않는 그림을 그리며 평생 고통의 세월을 살았던 예술가는 헤아릴 수 없이 많다. 예술은 그렇게 조건 지어진 것이다.

그런데 왜 이제 와서 사람들은 가버린 이들의 예술에 열광하는가? 그런 열광이 나는 부끄럽고 미안하다. 어둠의 세월을 살다가 간 그들에 비해 살아생전 빛을 보는 예술가 또한 없지는 않다. 그중엔 그림보다 정치를 잘해 지위를 얻고 명성을 얻는, 무늬만 예술가인 사람 또한 많다.

그림뿐만이 아니라 문학상이라는 것도 마찬가지이다. 때로는 쓰레기에 상을 주며 사람들은 그것이 명품인 양 착각한다. 예술에서 상이란 인격을 가진 존재에게 줄 수 있는 것이 아니다. 사람의 인격이란 믿을 수가 없어서 가치에 대한 절대적 기준을 세울 수 없다. 그러니 예술에 대해 상을 준다는 것은 예술의 순수성을 모독하는 일이 되기 쉽다. 상을 주려면 풀이나 꽃이나 나무에게 주라.

세상 모든 귀뚜라미에게
상 주고 싶다 그들은 시인이니까.
노랗게 깔린 은행잎에 발목 맡긴 채
암나무 수나무를 척 보면 아는
눈 맑은 수자修者에게 상 주고 싶다
그들은 시인이니까.
엄동의 벌판을 고독하게 건너가던
사라진 늑대에게 상 주고 싶다

그들은 시인이니까.
하루를 벌어서 하루를 견디는
욕심 없는 사람들에게 상 주고 싶다
그들은 더 잃을 것 없으니까.
누대累代의 슬픔이야 둥근 테로 새기며
다 벗어서 가벼운 나목에게 상 주고 싶다
그들은 아무것도 쌓아두지 않을 테니까.

_김재진, 〈상 받는 시인〉

살아서 영광을 누리는 예술가들이여, 가끔은 미안한 줄 좀 알라. 당신의 영광을 위해 소도구가 된 풀과 꽃과 나무, 그리고 동료 예술가들에게 감사할 줄 좀 알라. 당신의 그 대단한 작품들은 수많은 이의 관심과 사랑이 창조해낸 공동 저작물이지 당신 혼자의 것이 아니다. 세상의 눈길을 끄는 그 높은 가격을 지우고 나면 보는 이의 눈길 또한 따라서 지워지는 당신의 작품은 예술품이 아니라 잘 팔리는 상품일지도 모른다.

엄청난 가격으로 그림을 구입하는 구매자들이 자신의 작품을 부유한 이들의 눈요깃거리나 값비싼 인테리어로 쓰려고 한다는 사실을 감지한 로스코는 그곳에 자신의 그림이 전시되는 것을 단연코 거부했다. 저명한 예술가들이여, 찬란한 영광과 몸값이 자본주의의 미친 결과물이라는 사실을 한 번쯤은 인지하라. 신을 찬미하는 사람들은 이렇게 말한다.

> 그 자체로 천사들 중 최고인 것보다 신의 벼룩 중 어느 하나가 더 고귀하다.
>
> _마이스터 에크하르트

사랑의 우선순위

사랑의 우선순위에 대해 흥미로운 테스트를 해본 적이 있다.

먼저 백지에 사랑하는 사람의 이름을 열 명쯤 적도록 한다. 결혼한 사람들은 대부분 배우자와 자식들부터 적는다. 그다음에 부모나 형제, 그러고도 열 명이라는 수를 다 채우지 못하고 빈칸이 남으면 그다음 순서로 지인을 적는다. 대략 이렇게 적는 것이 일반적이다.

적어놓은 명단을 살펴본 뒤 이번엔 갑자기 전쟁이 터졌다고 가정하도록 한다. 아무리 상상이라 해도 전쟁이란 단어에 사람들은 잠깐 긴장하는 기색을 보인다. "전쟁이 나면 어떻게 하지?" 하며 스스로에게 물어보는 것이다. 그런 사람들의 표정을 살핀 뒤, 그다음 순서로 곧 적의 손아귀에 들어갈 이 땅을 탈출할 수 있는 항공기 탑승권을 사람들에게 나누어준다. 물론 상상 속의 탑승권이다. 이 탑승권을 끝으로 더 이상 탈출할 기회는 없다. 각자 자기 몫의 마지막 탑승권을 받았다고 가정하는 것이다.

그런데 문제는 자기 몫의 탑승권이 세 장밖에 없다는 사실이다. 지위 고하를 불문하고 공평하게 세 장씩만 나누어준 것이다. 탑승권이 없는 사람은 어떤 경우에도 항공기에 오를 수 없다는 것은 불문율이다. 갈등은 여기서부터 시작된다. 방금 적어놓은 열 명의 사랑하는 사람 명단 중에서 탑승권을 배당할 세 명을 고르는 일이다. 바꾸어 말하면 열 명 중 세 명만 탈출할 수 있다는 얘기이다. 물론 셋 중 자기 자신을 끼워 넣는 것도 가능하다. 자기까지 포함해서 세 장인 것이다. 자기중심으로 돌아가는 세상에서 자기를 빼놓는다면 탈출 또한 무슨 의미가 있겠는가.

그러나 자신을 포함해 가족이 세 사람뿐이라면 별문제가 되지 않는다. 노부모를 모시고 있다 해도 대부분은 자식이나 배우자가 우선이지 부모님께 돌아갈 탑승권은 없다. 살 만큼 살았는데 어쩌겠나 하며 체념하는 건 부모님 쪽도 마찬가지이다. 그러나 자기 자신을 포기하고 부모님 중 한 분을 항공기에 태우겠다는 사람이 없는 것은 아니다. 아마도 나 또한 그럴 사람이었을지 모른다. 그러나 지금은 그러고 싶어도 그럴 수 있는 부모님이 안 계시니 지극한 나의 효심은 가식일 것이다.

그런데 또 한 번 문제가 생기는 것은 비행기를 탈 수 있는 명단에서 나 자신을 제외해도 탑승권이 부족한 경우다. 자식이 셋이나 넷만 돼도 문제가 생긴다. 자식을 제외해야 할지 배우자를 제외해야 할지도 문제이며, 자식들만 보내는 것도 문제가 된다. 자기 자신을 내던졌음에도 사랑하는 사람 중 누군가를 구할 수 없는 상황에 처하는 것이다. 그런 상황과 마주치는 순간 사람들은 좌절과 분노 그리고 슬픔과 무력감에 빠진다. 나라를 이 꼴로 만들어 국민을 해외로 탈출하게 만든 위정자들에 대한 원망과 분노는 기본이다. 나쁜 놈들이다. 자기들은 전용기로 이미 가족과 함께 다 탈출하고 없으니.

우리에겐 나를 내던져서라도 구하고 싶은 사람이 있다. 자신의 모든 것을 던져서라도 꼭 위기에서 구해내고 싶은 대상이 있는 것이다. 그런 대상을 향한 마음을 우리는 사랑이라 부른다. 그렇게 사랑할 대상이 있다는 것만으로도 행복한 일이긴 하다. 그런데 테스트는 여기서 다시 한번 감정적 반전을 겪게 하는 질문을 던진다. 내가 나 자신을 희생하면서까지 구하고 싶은 사람 중 누군가를 떠올리며 이번엔 그 사람 입장에서 나를 평가하도록 하는 것이다. "내가 목숨을 걸고 구하려 한 그 사람은 과연 위기의 순간에 나를 우선적으로 구하려 할까?" 하는 물음이 그것이다. 노부모를 버리면서까지 비행기에 태우려 한 자식이나 배우자는 과연 세 장밖에 없는 탑승권을 나에게 배당할까?

서슴없이 그렇다고 대답할 수 있는 경우는 괜찮다. 그러나 그렇지 않을 경우, 지금까지 상대를 향해 무조건적 사랑을 베푼 나의 감정은 모순과 부딪친다. 때로는 사랑의 감정 사이로 미묘한 저항의 에너지가 흐를 수도 있다. 내가 모든 걸 제쳐놓고 사랑한 사람에게 정작 나는 우선순위에서 한참 뒤처져 있다는 사실을 알게 되는 순간 배신감에 휩싸일 수도 있다. 대부분 아버지는 어머니에 비해 우선순위에서 뒤처진다. 아버지인 나는 그 사실이 결코 억울하진 않다. 가끔 내가 사랑한다고 믿는 대상들에게 나는 어떤 존재인지 생각할 때가 있다. 사랑한다는 믿음은 착각일 뿐 혹시 내게 가장 많은 상처를 준 이가 그 사람이거나, 그에게 가장 많은 상처를 준 사람이 나인 것은 아닐까?

초식동물에 기대어

투명한 유리창에 부딪쳐 새 한 마리 추락했다. 떨어진 새에게 물을 먹이고 조심스레 풀숲에 놓아준다. 정신 바짝 차리고 다니지, 녀석도 참…….

유리창에 머리를 박은 새가 어찌 젊은 날의 내 모습 같다. 유리창에 머리를 박고 떨어지진 않았지만 뒤돌아서다 기둥에 얼굴을 박아 안경이 깨지거나, 어두운 밤 전봇대에 받혀 나가자빠진 적은 많다. 고등학교 시절엔 학교를 빼먹고 뒷산이나 공원 같은 곳을 찾아가 비 내리는 풍경을 쳐다보며 앉아 있기 예사였다. 재수 좋은 날은 공원에서 똑같이 학교를 빼먹은 친구를 만나 수업 대신 개똥철학을 주고받다가 학교에 갔다 온 양 집으로 돌아오곤 했다.

학교 간다며 골목을 걸어가는 내 뒷모습을 어머니는

나 몰래 지켜보시곤 했는데, 골목 끝에서 오른쪽으로 가면 학교이고, 왼쪽으로 가면 딴 길로 새는 것이라는 말씀을 뒷날 우스개처럼 하셨다. 나중엔 친구 중 하나가 아침마다 찾아와서 학교로 데려갔다. 지금까지 같은 동네에 사는 절친이 그 친구다. 친구 따라 강남 가는 대신 친구 따라 일산에 와서 25년째 살고 있다. 학교를 빼먹고 산에서 자다가 몇 번이나 안경을 잃어버리기도 했다. 벗어놓은 안경을 그대로 둔 채 나무 사이로 비치는 햇살을 피해 잠자리를 옮긴 탓이다. 전봇대에 처박혔던 것은 정신을 차리지 않고 다녀서가 아니다. 어느 한 곳에 꽂히면 오로지 그것만 생각하며 다른 것을 살피지 않은 탓이다.

화분에서 자라는 꽃양귀비에 물을 주는 것으로 일과를 시작한다. 목마른 꽃들은 결코 침묵하지 않는다. 물 좀 주세요. 문을 열고 실내로 들어가던 나를 꽃은 소맷자락 붙잡듯 불러 세운다. 비가 내리지 않은 지 제법 되었다. 백두산에서 만난 두메양귀비를 생각하며 나는 무릎을 꿇고 화분에 물을 준다. 화분에 핀 키 큰 양귀비보다 키 작은 두메양귀비 앞에선 무릎 꿇으며 겸손해진다. 별 보러 놀러 간 몽골의 초원에서 두메양귀비와 재회한 적이 있다.

백두산에서 만났던 두메양귀비를
몽골의 초원에서 또 만난다.
살아 있었구나 너
포연砲煙 속에 해후한 옛 친구 손을 잡듯
엎드려 나는 꽃을 본다.
황폐한 초원에서 내 무릎 꿇게 하는
낮디낮은 이 꽃은 눈물이다.
천상의 별들이 떨어트려놓은
너무 맑아 다칠 것만 같은 눈물
짧게 꽃 피우곤 사라지고 마는
사람도 알고 보면 눈물이다.
깊게 팬 주름살 고랑처럼 흐르며
소금기 남겨둔 채 사라져가는
눈물도 알고 보면 다 꽃이다.

_김재진, 〈두메양귀비〉

물을 준 뒤 라디오의 볼륨을 높인다. 한쪽 귀가 들리지 않으면서부터 모든 것의 볼륨이 높아지고 있다. 때로는 전화 저쪽 상대방이 왜 소리를 지르느냐고 볼멘소리를 하기도 한다. 두 귀가 들리는 사람은 한쪽 귀의 애환을 모르고, 사랑이 없는 사람은 사랑하는 사람의 심정을 모르는 법이다. FM에서 흘러나오는 엔니오 모리코네의 음악을 듣다가 평소 그를 존경한다고 말하던 뮤지션 한 사람을 떠올린다. 어디에도 무릎 꿇기를 싫어하는 사람이다. 하기야 무릎 꿇기 좋아하는 사람이 어디 있으랴. 그가 누구를 존경한다는 것은 남자 어른을 싫어하는 그에게 싫어하지 않는 남자 어른이 생겼다는 말이다. 권위적이거나 폭력적인 아버지를 겪은 사람 중엔 커서도 남자 어른을 두려워하는 이가 있다. 유년기의 두려움이 사라지지 않고 남아 있기 때문이다. 주먹뿐 아니라 말로 하는 폭력도 두고두고 상처로 남는다.

인간의 언어는 폭력적인 것이 많다. 비폭력 대화를 가르치는 NVCNonviolent Communication에선 자칼의 언어를 쓰지 말고 기린의 언어로 말하라고 가르친다. 오래전 한국비폭력대화센터를 이끌어가는 분들을 만난 적이 있다. 그 분들로부터 들은 말 중 인상적인 것이 '기린의 언어와 자칼의 언어'이다. NVC에서 말하는 비폭력 대화에는 네 가지 원칙이 있다. 그 첫 번째 단계가 평가하지 않고 관찰하기이다. 가령 "거기는 시끄러워 살 수가 없는 곳이다"

라고 하지 말고 "거기는 소음이 있는 곳이다"라는 식으로 평가를 섞지 않고 말하는 것이 첫 번째 원칙에 따르는 대화법이다. 평가엔 말하는 이의 주관적 판단이 섞여 있어 상대 입장에서 보면 기린이 아닌 자칼의 언어로 받아들인다는 것이다.

마셜 로젠버그의 책《비폭력 대화》를 읽은 뒤 내가 쓰는 언어를 돌아보며 나 또한 기린보다 자칼일 때가 많았음을 반성한다. 간디의 아힘사ahiṃsā를 연상케 하는 비폭력 대화와 달리 어린 시절, 부모에게 언어폭력을 겪은 사람은 어른이 되어서도 그 상처로부터 벗어나지 못한다. 폭력적 인간의 언어에 대한 반작용 때문인지 엔니오 모리코네를 존경하는 그 뮤지션의 노래엔 언어가 없다. 노래에 가사가 없다는 말이다. 마치 허밍이나 모음만으로 하는 보칼리즈같이 그가 부르는 노래는 바람 소리나 자연의 소리를 닮았다. 가사 없는 그의 노래가 한국보다 유럽에서 호응을 얻고 있다는 사실이 흥미롭다. 한국에선 반응이 미미한 노래가 놀랍게도 유럽 쪽 SNS에선 100만 넘는 조회 수를 올리고 있으니 이런 현상을 도대체 어떻게 이해해야 할까?

대부분의 노래는 가사의 도움을 받아 그 내용을 머리

로도 이해하도록 한다. 그러나 마치 비폭력 대화에서 평가와 관찰을 분리해 관찰한 것만 말로 표현하는 것처럼 그의 음악은 이해와 느낌을 노래에서 분리해 오로지 느낌만을 표현하고 있다. 노랫말을 생략함으로써 그는 머리를 건너뛰어 가슴에 바로 가닿도록 노래를 부르는 것이다. 아마도 가슴보다 머리가 앞서가는 사회에서 이런 그의 노래가 반응을 얻기는 쉽지 않을 것이다. 모든 것을 수치數值로 판단하고 평가하는 사회에선 가슴으로 느끼기가 점점 힘들어지는 것이다.

FM의 음악은 이제 엔니오 모리코네에서 쇼팽으로 바뀌었다. 영화음악에서 피아노곡으로 바뀐 것이다. 가톨릭의 성인 프란체스코는 나무와 이야기하고, 풀이나 꽃과 이야기하고, 강이나 물고기와 이야기하고, 돌이나 바위와도 대화를 했다고 한다. 당연히 그는 미친 사람으로 취급받았을 것이다. 그러나 세상은 성 프란체스코처럼 미친 사람에 의해 지탱된다. 입신영달과 부귀영화를 성공으로 여기는 소유 지향적 사회에선 편도나무가 하는 말을 듣고, 나뭇잎과 바람의 노래를 듣고, 풀꽃과 웃고, 돌과 친구가 되는 미친 듯 보이는 사람들이 소금 역할을 하는 것이다. 풍랑을 일으키고 해일을 일으키면서도 바다가 썩

지 않는 이유는 무엇이겠는가. 초식동물이 사라지면 덩달아 육식동물도 멸종하듯 미친 이들이 사라지면 풀도, 나무도, 꽃도 따라서 사라질 것이다. 수십억 년의 역사를 지닌 지구에선 여섯 번이나 생명체가 멸종했다고 한다. 그러나 인간의 욕심으로 병들어 있는 지구는 지금 바이러스의 공격 앞에 속수무책이다. 지구온난화가 원인이라는 둥 인간의 개발 욕망이 원인이라는 둥 말이 많지만 원인도 찾기 전에 인류는 다시 한번 멸종을 맞을지도 모를 일이다. 세상이 힘들수록 구세주가 기다려지는 법이다. 소유의 사이클로부터 벗어나 존재 그 자체만으로도 인간을 치유할 수 있는 성자가 그립다. 양귀비꽃과 대화하고, 메뚜기나 여치와 소통할 수 있는 미친 사람이 그립다.

쇼팽의 심장

황혼의 길 위에 그가 서 있다. 황혼이 그를 길 위에 세워놓았다. 황혼은 서 있는 그의 발아래 놓인 길 위로 붉은빛 주단을 깔아놓았다.

같은 내용의 글을 문장을 바꿔 써본다. 평범한 문장을 시적 문장으로 바꾸어놓으려는 시도이다. 그림을 그리듯 묘사를 하다 보면 문장은 금방 색깔 있는 풍경이 되어 마음속 캔버스를 채운다. 음악을 들으며 "색채감이 풍부한 곡이야"라고 감탄하듯 책을 읽으면 책 속 문장에서 색채감을 느낀다.

보이는 것, 들리는 것, 심지어 후각으로 느껴지는 것에도 색깔이 있다. 음악도 그것이 가지고 있는 고유한 색깔이 있으니 작곡가별로 분류한다면 아마 120가지 색깔로 된 파버카스텔의 색연필 개수보다 많을 것이다. 물론 그것은 특정한 작곡가를 떠올리면 따라 나오는 색깔일 뿐 음표 하나하나, 멜로디 한 소절 한 소절이 가지고 있는 색과는 다르다. 소리뿐 아니라 향기에도 색이 있다. 향기에도 은색이 있는가 하면 금색이 있고, 진한 보라색이 있는가 하면 밝은 보라색이 있다. 활자 또한 마찬가지이다. 그렇다고 인쇄된 검은 활자가 검은색 아닌 다른 색깔로 보인다는 말은 아니다. 다른 색이 보인다는 말은 검은색 외에 다른 색이 이중으로 느껴진다는 것이다. 특정한 글자가 연상시키는 특정한 색이 있다는 뜻이다. 공감각synesthesia이라 부르는 이중적, 또는 다중적 감각에 대한 이야기이다. 드물지만 사람 중엔 여러 가지 감각을 겹쳐서 느끼는 이가 있다.

쇼팽도 그런 사람이었던 건 아닐까? 쇼팽의 피아노곡을 듣다가 문득 그런 생각에 빠진다. 쇼팽의 음악을 들을 때마다 개성 강한 그림을 전시하는 갤러리에 온 듯 유난히 색에 민감해지는 것은 그의 음악이 그만큼 색채감이 강하기 때문일 것이다. 마치 캔버스에 칠하려고 짜둔 물감이 팔레트를 떠나 악보 위로 날아오르듯 쇼팽의 음악은 듣는 이의 마음 위로 색을 입힌다.

쇼팽 이야기를 하면 떠오르는 것이 있다. 쇼팽의 심장

이야기이다. 아마도 그의 심장을 색으로 표현하면 마젠타색일 것이다. 캔버스 위에 짙게 덧칠한 마젠타가 온전히 마른 뒤 표현되는 색이 내 눈에 떠오르는 그의 심장 색깔이다. 붉다고 할 수도 없고 그렇다고 보랏빛이라고 할 수도 없는 푸른빛 감도는 마젠타색은 진하거나 연한 보라와 함께 그의 음악 여기저기서 느껴지는 색이다. 그뿐 아니다. 쇼팽의 음악에서 내가 감지하는 색은 윤기 나는 경주마의 빛깔을 닮은 짙은 초콜릿색도 있다. 울트라마린블루나 민트색 또한 그의 에튀드나 녹턴 같은 피아노곡에서 종종 발견되는 색이다.

"색은 영혼에 직접 영향을 미치는 수단"이라고 말한 이는 현대 추상미술의 문을 열었던 바실리 칸딘스키의 아내 니나 칸딘스키이다. 작곡가 쇤베르크의 음악에서 커다란 영향을 받은 칸딘스키의 아내답게 그녀는 "색은 피아노의 건반이며, 눈은 피아노의 현을 때리는 망치이고, 영혼은 여러 개의 선율을 가진 피아노"라고 표현했다. 쇼팽의 심장 또한 니나 칸딘스키식으로 말하면 여러 개의 선율을 가진 피아노일 것이다. 영혼의 소리를 내는 그 피아노가 쇼팽의 고향인 바르샤바의 한 성당 기둥 속에 안치되어 있는 것이다.

그의 심장이 바르샤바의 성 십자가 성당에 안치되어 있다는 사실을 처음 안 순간 나는 짜릿한 감동이 온몸을 훑고 가는 것을 느꼈다. 학창 시절 음악 교과서에서나 읽던 신화 같은 이야기가 신화가 아니라 지금도 확인되는 실체적 진실이라는 사실이 내 몸에 전기를 흐르게 한 것이다. 그것은 마치 가톨릭의 성인 프란체스코가 생을 마감한 성당인 아시시의 산타 마리아 델리 안젤리 성당 정원의 장미 이야기를 처음 들었을 때의 감동 비슷한 것이었다. 성 프란체스코가 욕망을 이겨내기 위해 가시덤불 위로 몸을 던진 이후 지금까지 이 성당 정원의 장미엔 가시가 없다는 것이다.

고향인 폴란드를 떠나 파리에서 활동한 쇼팽은 숨을 거두기 전 자신의 심장을 바르샤바에 묻어달라고 유언했다. 유언에 따라 몸은 파리에 묻히고, 심장만 바르샤바의 성 십자가 성당에 안치되어 지금까지 그 자리에 있는 것이다. 그 당시 쇼팽이 고향으로 돌아가지 못한 것은 독립을 위해 일어난 폴란드의 혁명을 러시아가 진압했기 때문이다. 고향 소식을 듣고 쇼팽은 아마 절망과 함께 러시아를 향한 강한 적개심을 느꼈을 것이다. 폴란드에게 러시아는 코로나19보다 극악한 바이러스 같은 존재이다.

폴란드인의 러시아에 대한 적개심이 얼마나 큰지는 나폴레옹이 러시아를 공격하러 나설 당시 70만이라는 대군 중 7분의 1이 폴란드인이었다는 사실로도 짐작할 수 있다. 폴란드인의 러시아에 대한 두려움과 증오심은 지금까지도 계속되고 있다. 최근 폴란드 정부는 독일에서 철수하는 미군 병력의 일부를 자국에 주둔시키는 데 성공했다. 강대국 속에서 살아남기 위한 폴란드의 외교적 노력이 결실을 거둔 것이다. 호시탐탐 침략 기회를 노리는 러시아로부터 나라를 지키기 위한 고육지책이다.

1795년부터 100년이 넘는 긴 세월 동안 폴란드는 러시아, 프로이센, 오스트리아에 의해 나라가 분할 통치된 쓰라린 역사가 있다. 한동안 세계지도에서 사라져야 했던 그 어두운 시기에 태어난 쇼팽은 20세가 되도록 바르샤바에서 공부했다. 제1차 세계대전을 계기로 나라를 되찾은 폴란드는 그러나 제2차 세계대전이 일어나 다시 소련의 침공을 받았다. 폴란드를 침공한 소련은 폴란드 문화를 말살하고 숱한 지식인을 살해했는데, 1940년 소련 비밀경찰이 폴란드 지식인 2만여 명을 집단 살해한 '카틴 숲의 학살 사건'이 대표적 만행이다. 그 사건 하나만 놓고 보더라도 폴란드인의 러시아에 대한 증오심은 아마

일본에 대한 우리의 증오심 못지않을 것이다. 나 또한 식민지 시절 고학을 하며 도쿄에서 공부한 선친이 입버릇처럼 되뇌시던 "왜놈들은 나쁜 놈들이다"라는 말을 잊지 못한다. 귀국 후 무술 고단자이던 선친은 결국 주먹으로 일본인들을 때려눕힌 뒤 북간도로 피신해 해방이 되어서야 돌아올 수 있었다.

쇼팽의 심장이 바르샤바의 성 십자가 성당 기둥 속에 안치되어 있다는 이야기는 폴란드인 친구로부터 처음 들었다. 이때 '처음'이라는 말은 어릴 적 피상적으로 알았던 쇼팽에 대한 상식적 앎이 강한 현실감을 가지고 내게 다가왔다는 의미이다. 그건 아마 폴란드 사람의 입을 통해 그 얘기를 들었기 때문일지도 모른다. 한때 한국의 대학에서 강의를 하기도 한 그 친구는 지금 고향 폴란드가 아닌 런던에서 화가로 활동하고 있다. 색채 전문가인 그는 한국에서 강의할 당시 학생들을 내가 있던 공간에 모아놓고 수업을 하기도 했는데, 인상적인 일은 강의와 아무런 관련도 없는 나까지 수업에 참여시켜 시에 대한 이야기를 하도록 할 만큼 수업 분위기가 자유로웠다는 것이다. 그런 그에게 나는 시인도 예술가라고 생각하느냐고 물은 적이 있다. '물감을 사용해 그림을 그리는 것도,

악기를 이용해 연주를 하는 것도 아닌 시인을 과연 예술가라고 할 수 있을까?' 하는 의문이 내 안에 늘 있었기 때문이다. 그의 대답은 다소 엉뚱하지만, "재진, 너는 예술가다"였다. 시인이 아니라 재진이라는 이름을 강조한 것은 아마 그와 나의 우정에 대한 신뢰나 친밀도 때문이었을 것이다.

곰이 출몰한다는 폴란드의 숲 이야기를 하던 그 또한 러시아에 대한 증오심이 컸다. 그가 얼마나 러시아를 싫어하는지를 나는 어느 날 베이징에 갔다 온다며 서울을 떠난 그가 예정보다 훨씬 일찍, 그러니까 베이징에 도착하자마자 돌아온 사건이 있은 뒤 알게 되었다. 공항에 내리자마자 풍겨오는 공산주의 냄새가 싫어 일정을 취소하고 와버렸다는 것이 그의 설명이었다. 악취가 난다는 듯 그는 코를 손으로 쥐며 고개를 내저었다. 베이징에서 돌아오긴 했지만 그가 그토록 혐오하는 공산주의가 중국이 아니라 러시아라는 사실을 알게 된 건 그의 아버지가 폴란드 독립 영웅이라는 사실과 그 아버지의 일대기를 영화감독인 사촌 형이 영화로 제작한다는 사연을 들은 뒤였다. 예민한 그의 오감이 공산 독재 정권이 풍기는 냄새를 본능적으로 탐지하고 거부감을 느낀 것이다.

만나면 그와 나는 마구 떠들어댔다. 그는 영어나 폴란드어로, 나는 콩글리시와 한국어로 거리낌 없이 말했다. 언어가 다르면서도 서로 통하는 걸 보면 그것 또한 흥미로운 일이다. 동갑내기여서 통하는 게 있는 건지, 단어 하나만 듣고서도 우린 서로 무슨 말을 하고 싶어 하는지 직감적으로 알아차렸다. 청국장을 좋아하고 한국 문화를 거리낌 없이 받아들이는 그를 내가 우리말을 잘 아는 사람처럼 착각하고 있듯 그 또한 내가 영어나 폴란드어를 잘 아는 것으로 착각하고 있을지도 모를 일이다. 그러나 마음이 통하면 다 통한다. 느낌만으로도 우리는 서로를 이해하는 것이다. 언어란 인간의 감정을 감추기 위한 수단이라고 말한 이가 옥타비오 파스였던가, 누구였던가.

그의 고향인 폴란드로 날아가 2시간을 걸어도 끝이 안 보인다는 숲을 걷고, 숲속 동물들에 대한 동화를 쓰며 산다는 그의 누이를 만나보고 싶다. 그런데 성 십자가 성당 기둥 속에 안치되어 있는 쇼팽의 심장을 참배하기 위해 그와 함께 바르샤바로 갈 날이 내 인생에 남아 있기는 한 걸까. 세상은 바이러스에 의해 차단되고, 하루하루 그와 나는 노년의 중심을 향해 걸어가고 있다. 오랜만에 카톡으로 날아온 그의 사진을 보니 주름살이 많이 늘었다.

옷깃의 주름은 다리미로 펼 수 있지만 마음의 주름살은 펼 수가 없다. 그러나 마음을 주름지게 하는 것은 나이가 아니다. 나이는 인간이 만들어놓은 달력 속의 숫자일 뿐, 숫자는 노쇠를 겪는 인생이란 드라마의 소품으로 쓰다가 버릴 것이다. 나이보다 마음을 주름지게 하는 것은 가까운 사람과의 이별이다. 모르는 척하려 해도 이별은 언제나 슬프다. 슬픈 이별을 기쁜 이별로 만드는 방법은 없을까? 유감스럽게도 거기에 대한 대답은 '없다'이다. 기쁜 이별은 없으며, 기쁜 주름살도 없다. 소멸되는 것은 결코 기쁜 것이 아니다. 기쁘다고 우기지 말자. 소멸되는 것은 슬프다. 그러나 슬픈 것이 꼭 나쁜 것은 아니다. 슬픈 것과 나쁜 것은 다르다. 러시아에 유린당한 약소국가 폴란드의 운명은 슬펐지만 쇼팽의 인생이 슬펐던 것은 아니다. 그가 세상에 얼마나 많은 아름다움을 선사하고 갔는지 그가 남긴 마주르카나 녹턴, 프렐류드나 즉흥곡들을 들으며 우리는 예술이 슬픔보다 수명이 길다는 사실을 깨닫는다. 찾아온 슬픔을 문밖으로 쫓아낼 수는 없다. 슬픔은 힘이 세다. 우리는 슬픔을 망각하기 위해 노력하거나, 쇼팽의 피아노곡을 잘 치기 위해 건반을 연습하듯 그것을 받아들이는 방법을 연습할 수 있을 뿐이다.

소멸의
시간

보낼 곳 없는 편지는 빗물에 젖어 떠내려가고, 밤 깊어 찬란한 개구리 소리는 울음이 아니라 고독이다. 누가 알 것인가? 눕지도 못하고 선 채 밤을 견뎌야 하는 나무들의 저 오랜 직립을, 벌받듯 서 있는 식물의 고행을. 개구리 소리 포장해 너에게 보낸다. 택배가 아니라도 고맙게 받아 들라.

때로는 여기까지가 인연이구나 하고 마음을 접어야 할 사람도 있다. 각각의 인연에도 유효기간이 있는 것이다. 유효기간뿐 아니라 유효거리 또한 있다. 몸의 거리가 멀어지면 마음의 거리도 자연히 멀어지니 그런 사람을 친구로 두면 우정은 고무줄처럼 늘어났다가 줄어들었다가 한다. 유효기간이 다 된 관계를 이어가는 일은 무의미하다. 그렇게 유효기간이 다 된 관계를 가리켜 인연이 다

되었다고 한다.

결핍을 메우기 위해 만나는 상대와의 관계는 십중팔구 갈등과 직면한다. 그런 갈등은 대부분 결핍보다 더 사람을 혼란스럽게 만드는 법이니 만나지 않은 것만 못하다. 그러나 사람들은 대부분 내면의 결핍을 스스로 인식하지 못하는 경우가 많다. 자신의 결핍을 상대에게 투사하며 상대가 부족해서 갈등이 온다고 믿을 뿐이다.

인간관계가 갈등 국면으로 접어들 때 가장 먼저 해야 할 일은 내가 상대에게 뭘 바라는지 냉철하게 바라보는 일이다. 내가 바라고 있는 그것이 내 안에 있는 결핍일 때가 많기 때문이다. 그 사람이 그렇기 때문에 내가 이럴 수밖에 없다고 굳게 믿지만, 사실은 내가 이렇기 때문에 그 사람이 그런 것이다.

나가르주나(공 사상을 통해 대승불교를 널리 알린 불교의 사상가이며 승려. 용수라는 이름으로도 알려져 있다)가 말했다. "우리는 모두 소멸을 향해 나아가는 중이다." 옳은 말씀이다. 태어나면서부터 우리는 시한부 인생이다. 내게 주어진 유효기간이 얼마나 되는지는 나도 모른다. 마켓에 있는 식료품 하나도 유통기간이 있건만 우리는 자신의 유통기간을 모르며 산다. 그러나 소멸되지 않는 존재가 어디 있겠는가. 당신과 내가 어떤 인간관계로 갈등하든 머지않아 우리는 소멸된다. 소멸 앞에서 더 무슨 말이 필요하겠는가. 다 사라지는 마당에 갈등이란 무슨 부질없는 짓인가. 그 시절 나가르주나는 이미 공空에 대해 가르쳤다. 공, 비어 있다는 말이다. 알고 보니 다 비어 있는 상태인데 내가 옳고 네가 그르니, 아니면 네가 옳고 내가 그르니 하는 따위의 갈등이 무슨 소용인가.

비어 있다는 말은 실체가 없다는 말이다. 저것에 기대어 이것이 생기고, 이것에 기대어 저것이 생기는 연기緣起의 법에 의하지 않고 독립적으로 존재하는 실체는 어디에도 없다. 스승이 있으니 제자가 있고 제자가 있으니 스승이 있을 뿐, 스승도 제자도 그 하나만으로 존재하는 것은 있을 수 없다. 나를 인연으로 해서 네 갈등이 생겨나고, 너를 인연으로 해서 내 갈등이 생겨났는데, 나도 없고 너도 없다면 어디에 갈등이란 것이 붙을 곳이 있겠는가. 갈등은 '내'가 있다는 생각에서부터 비롯한다. 그런데 내가 어디 있는가? 내가 있다고 하는 그 생각이 너와 나의 갈등을 만들었다. 그러니 울고 있는 개구리여, 나는 없다. 울고 있는 너를 듣는 내 귀가 없다는 것이 아니라, 그 어디에도 내세울 내가 없다. 없음으로써 너와 나 사이의 갈등은 소멸되니 소멸되지 않는 것 또한 없다.

또 하루 나는 인생을 그렇게 소멸시켰다. 아니 소멸이 아니라 소비라고 불러도 좋다. 저마다 잘난 사람과 저마다 유명한 이름과 수행 안 하는 수행자와 성공한 루저들 틈에서 내 인생의 하루를 카드도 긁지 않고 소비했다. 5월이 여름인지 봄인지 모르겠다. 비는 줄기차게 내렸고, 꽃은 억울하게 다 지고 말았다. 모란을 노래하기도 전에 아카시아가 피더니 그마저 내리는 비에 속절없이 떨어졌다. 떨어진 꽃잎은 내년에 다시 피겠지만 내가 보낸 이 봄은 올해가 마지막이다. 시한부인 인생에서 다음 해가 있다고 그 어찌 장담하겠는가. 내게 주어진 시간이 얼마인지도 모르고 살면서 우리는 '내'가 있다고 내세운다. 모든 것이 공空하다고 그토록 일러줬건만 믿지 않는다.

길 위에 있는 동안 행복하다

아기 고양이가 나타났다. 문 앞에 있는 새로운 생명. 길 위에 녀석을 세워놓고, "뭘 주지?" 혼잣말을 하며 재빨리 집으로 들어왔다. 그러나 냉장고를 뒤져도 아무것도 없다. 혼자 사는 작업실에 먹을 것이 남아 있을 리 없다.

다시 바깥으로 나오자 나비를 잡으려고 그러는 건지 공처럼 튀어 오른 어미 고양이가 허공으로 솟았다가 착지한다. 놀라운 탄력성이다. 묘기를 부리는 서커스의 달인 같기도 하고, 요가의 달인만이 할 수 있는 아사나를 보여주는 것 같기도 하다. 저 고양이를 이제 요기라고 불러야지. 그런데 요가엔 정말 고양이 자세가 있다. '비달라 아사나'라고 부르는 고양이 자세는 네발을 바닥에 딛고 척추는 편 채 먼 하늘을 바라보는 고양이처럼 고개를 들어 목을 쭉 늘이거나, 기지개 켜듯 두 팔을 앞으로 쭉 뻗고 엉덩이를 뒤로 빼는 자세이다. 따라 해보고 싶지만 고양이처럼 될 수 없는 나는 그저 경이로운 눈길로 녀석을 바라볼 수밖에 없다. 사진을 찍고 싶어 다가가자 허리를 동그랗게 말며 착지한 녀석이 재빨리 숲 쪽으로 가버린다. 어미를 따라 함께 사라지는 아기 고양이를 보며 나는 갑자기 무중력상태의 우주 공간을 떠올린다. 녀석들은 아무래도 다른 별의 식구 같다.

봄밤, 아름다운 집들을 보며 산책한다. 작업실로 쓰기 위해 값싸면서도 멋진 공간을 찾고 또 찾다가 값은 싸고 공간은 멋있어야 한다는 이율배반적인 소망을 포기할 무렵 우연히 괜찮은 집을 발견했다. 이곳에서 글 쓰고 그림을 그려야겠다는 결심은 그러나 오래가지 않아 균열이 생기고 말았다. 고적함이 밀려온 것이다. 고적함과 함께 찾아온 것은 뜻대로 되지 않는 건강에 대한 좌절감이었다.

그런 좌절감을 넘어서기 위해 택한 것이 산책이다. “누우면 죽고 걸으면 산다”라는 말도 있으니 걸어보자. 걷고 또 걷자. 마을은 걷기에 좋은 환경이었다. 박공지붕들을 바라보며 걷다 보면 언덕이 나왔고, 공원이 나왔다. 도서

관도 멀지 않고 조금만 더 걸어가면 둘레길이 아름다운 산도 있다. 이대로 계속 가면 지구라는 둥근 별의 끝까지 갈 수 있을지도 모른다. 우리는 지구라는 이 별에 학습을 하기 위해 왔으며, 무엇을 얼마나 배울 수 있느냐에 따라 다음 차원으로 진화한다. 잿빛 겨울을 지나 봄은 진화하기 좋은 계절이다. 그러나 겨울이 가고 봄이 시작된다지만 사실은 시작도 끝도 없다. 둥근 지구를 돌고 또 돌아도 끝이 없듯 시작이 끝이고, 끝이 시작인 것이다. 그런데 누가 계절에다 어디서 어디까지가 겨울이며, 어디서 어디까지가 봄이라고 이름을 붙여놓았는가?

무시무종無始無終의 세상이지만 끝과 시작 사이에 끼어 있는 틈은 있다. 틈새에 낀 채 우리는 어디로 가는지도 모르면서 어딘가로 가고 있는 것이다. 모든 것은 끼어 있다. 만족과 불만족 사이에 끼어 있고, 무지와 해탈 사이에 끼어 있으며, 슬픔과 기쁨 사이에 끼어 있다. 잘난 척하지만 우리는 틈새에 끼어 연명하거나 하루하루 일용할 양식을 구하기 위해 비겁하지만 품위 있는 척 세상 속으로 나간다. 끝과 시작 사이에 끼어 있는 그것을 나는 그리움이라 부른다. 기다림이라고 바꾸어 불러도 무방하다. 삭막한 세상과 세상의 틈에서 마치 시멘트 바닥 틈새를 뚫고 피어나는 제비꽃처럼 그리움 때문에 우리는 꽃을 피운다.

기다림마저 내려놓을 나이가 되었건만 그래도 나는 기다린다. 돌이켜보면 기다림엔 나이가 없다. 그리움 또한 나이가 없다. 향기 나는 봄밤, 아름다운 집들을 보며 걸으면서도 나는 무언가를 그리워하고, 무언가를 기다리는 것이다. 그러나 한편으로 기다림이 아름답다는 건 돌아올 상대가 있을 경우에 그렇다는 것이다. 기다림은 때로 무의미하다. 미래에 대한 기대에 매여 살다 보면 지금 이 순간을 잃기 때문이다. 우리가 살 수 있는 시간은 오직 지금 이 순간뿐이다. 지금 이 순간만이 현실이다. 기다림 또한 미래의 일인 것 같지만 미래는 언제나 현재가 만들어내는 시간이다. 한 발 한 발 앞으로 걸어 나가며 발바닥이 땅에 닿는 그 순간만이 지금 이 자리에서 일어나는 현실이다. 우리는 언제나 현재만을 살 수 있다.

그렇게 걸으면서 쓴 시도 있다. 걸으면서 어찌 시를 쓸 수 있나 반문할 수도 있겠지만, 시상詩想이 가장 잘 떠오를 때가 바로 걷는 순간이다. 어쩌면 쓰기 위해 걷는 것인지도 모른다. 걷는 동안 떠오른 시구를 적기 위해 예전엔 길모퉁이에 주저앉아 수첩 같은 것을 꺼내 쓰곤 했다.

시상이 이어지면 길에 앉아 시 한 편을 다 쓴 적도 있다. 마치 누군가가 불러주고 받아 적듯 길 위에 앉아 쓴 시 중 하나가 바로 〈길 위에 있는 동안 행복하다〉이다. 인터넷을 검색하면 많은 사람이 자신의 블로그에 퍼다 놓은 이 시는 이렇게 시작한다.

둥근 우주같이 파꽃이 피고
살구나무 열매가 머리 위에 매달릴 때
가진 것 하나 없어도 나는
걸을 수 있는 동안 행복하다.

시를 쓴 곳은 경의선 철길이 달리는 백마역과 풍산역 사이의 자전거도로였다. 25년 넘게 그곳에 살았던 내겐 추억이 많은 곳이다. 지금은 오래된 살구나무와 벚나무들로 제법 울창해졌지만, 그 시절 보조 바퀴가 달린 자전거를 타고 소리를 지르며 달리던 아이들 모습은 시에서 "가진 것 하나 없어도 나는 걸을 수 있는 동안 행복하다" 라는 구절을 낳았다.

그 시절 실직 상태로 몸과 마음이 몹시 힘들던 때였지만, 한편으론 살구나무 열매 매달리는 길을 원 없이 걸었을 만큼 시간이 많은 때이기도 했다. 인생에 대해 수없이 고뇌하던 그 시절 나는 삶에 대해, 그리고 고통스러운 시간을 견디는 방법에 대해 깨달음이라도 얻은 것인지 모른다. 우리를 고통스럽게 하는 것은 고통스러운 사건 그 자체보다 그것에 저항하는 내 마음이라는 사실을 알아차린 것이다. 일어난 사건을 있는 그대로 받아들이지 못하고 강하게 밀쳐내려는 저항이 나를 더 고통 속으로 빠뜨린다는 사실을 길 위에서 알아차린 것이다.

고통스러운 현실의 구성 요소는 고통을 주는 상황과 그 상황이 싫다고 느끼는 나의 저항으로 이루어져 있다. 마주친 상황은 바꿀 수 없다 해도 나의 저항은 생각을 바꿈으로써 줄일 수 있다. 생각을 바꾼다는 말은 고통에 대한 해석을 바꾼다는 뜻이다. 고통의 물리적 크기를 줄일 수는 없어도 '고통은 나를 성장시키기 위한 시련이다'라는 식으로 고통의 의미에 대해 새롭게 해석함으로써 그것은 새로운 기회로 바뀔 수도 있다. 인생은 단 한 번뿐이며 우리는 고통보다 기쁨을 누려야 한다. 기뻐하기에도 인생은 길지 않은 것이다. 찔레꽃이 피고 있던 길모퉁

이에 주저앉아 시의 마지막을 나는 이렇게 썼다.

아무것도 찌르지 못할 가시 하나 내보이며
찔레가 어느새 울타리를 넘어가고
울타리 밖은 곧 여름
마음의 경계 울타리 넘듯 넘어가며
걷고 있는 두 다리는
길 위에 있는 동안 행복하다.

3

우리는 각자의 언어로 인생을 노래한다

존재의 집

다양한 정의를 내릴 수 있겠지만 예술이란 세상의 무수한 배신을 견뎌내는 일이기도 하다. 건반 속에만 머물러 있는 피아니스트가 성숙한 예술가가 될 수 없듯 캔버스 위에 묶여 있는 화가 역시 예술가는 아니다. 시인이야 더 말해 무엇 하랴. 언어에 집착하는 이는 단지 문장가일 뿐 시인이 아니다.

그림을 그리든, 건반을 두드리든, 언어를 곧게 펴서 시라는 길을 내든 중요한 건 인생의 장인이 되어야 한다는 사실이다. 설령 길이 좀 구부러진다 한들 어떠랴. 완벽을 추구하는 건 초보자나 하는 일이다. 세월이 가고 경험이 쌓이면 세상이 결코 완벽하지 않다는 사실을 알게 된다. 예술은 완벽을 위해 하는 일이 아니다. 상처나 갈등, 실패나 좌절 같은 것의 틈으로부터 아름다움을 보여주는 것이 예술이다. 완벽하지 않은 세상에서 완벽을 추구하는 것은 일종의 결벽일 뿐 예술이 아니다. 세상이 우리에게 주는 모욕, 세상이 우리에게 가하는 배신을 견뎌내며 누더기가 되는 일, 누더기가 되어 일어서는 일이 예술가의 길이다.

시란 그것을 이루기 위해 끊임없이 부딪치고 넘어지며 나아가는 삶의 과정이거나, 그 끝에서 만나는 성취나 해탈 같은 것이지 경쟁의 결과물로 주고받는 상 같은 것이 아니다. 차라리 그것보다는 차가운 저녁 하늘을 물들이는 저 노을이 더 시 같은 것이다. 언어라는 것도 그렇다. 스스로를 가두어놓는 언어와 열어놓는 언어가 있으니 제대로 시가 되지 못한 언어는 구기고, 접고, 비틀며 미로 같은 세계 속으로 자신을 유폐시킨다. 그러나 유폐의 시간을 겪은 뒤 밀폐된 공간을 뛰쳐나와 걸림 없는 차원으로 진화하는 것이 진짜 시이다. 인생 또한 마찬가지다. 인생의 고수는 처음부터 고수가 아니다. 스스로를 밀폐시킨 공간에서 부대끼고 시달리며 담금질한 뒤 비로소 걸림 없는 단계로 도약한 이만이 고수가 될 수 있다.

평생을 중국집에서 짜장면을 만들어온 짜장면의 달인

이 이렇게 말했다. "옛날엔 밀가루를 만지기까지 몇 년이 걸렸습니다. 철가방을 들고 배달하는 단계, 룸에서 서비스하는 단계, 연탄불을 돌보는 단계를 지나 겨우 밀가루를 만지게 됩니다. 밀가루 반죽과 대화할 수준이 되어야 주방장이 되고요." 달인은 연인과 대화를 나누듯 밀가루 반죽과 대화한다. 살아서 숨 쉬는 반죽의 호흡을 읽고 느낄 수 있을 때 비로소 고수가 되는 것이다. 반죽이 숨구멍을 열어 숨을 쉬듯 고수는 세상을 향해 자신을 열어놓고 큰 숨을 쉰다. 고수가 숨 쉬듯 쉽게 해치우는 밀가루 반죽을, 하수는 어렵게 주물러 숨구멍을 막는다. 반죽이 하는 말을 알아들을 수 없기 때문이다.

어렵게 사는 일보다 더 어려운 것은 쉽게 사는 일이다. 쉽게 산다는 말은 걸림 없이 산다는 얘기이다. 걸림 없이 사는 사람이 인생의 고수다. 이와 마찬가지로 어렵게 쓰는 일보다 더 어려운 것은 쉽게 쓰는 일이다. 쉬운 말이 던지는 울림으로 누군가의 마음을 건드리는 일이다. 그림엔 그림의 언어가 있고, 노래엔 노래의 언어가 있다. 시 또한 마찬가지다. 우리는 각자의 언어로 인생을 노래한다. 하이데거의 말처럼 "언어는 존재의 집das Haus des Seins"이다. 열려 있는 언어란 반죽이 숨을 쉬듯 소통하는 언어다. 소통하는 언어는 울림만으로도 우리를 치유한다. 한마디 말에 영혼이 공명하는 단계, 고수의 단계에선 모든 것이 쉽다. 수많은 산을 넘어왔기 때문이다.

마음의 비단길

낮에는 산에 올라 봉화를 바라보고
해 질 녘엔 교하에서 말에 물을 먹이네.
행인의 밥솥에는 모래바람이 짙고
공주의 비파에는 원한이 깊어
해마다 병사들의 뼈는 황량한 사막에 묻히는데
포도만 부질없이 한나라로 들어오네.

당나라 때 시라고 한다.

실크로드엔 예나 지금이나 그렇게 황량한 사막을 건너가다가 절망적인 상황 앞에서 한숨짓는 사람이 많은 모양이다. 옛 시에 나오는 교하는 아마 교하고성交河古城을 말하는 듯하고, "포도만 부질없이 한나라로 들어오네"라는 구절은 포도의 특산지인 투루판의 포도를 가리키는 듯하다.

투루판의 포도는 나 역시 현지에 가서 직접 먹어본 적이 있다. 그만큼 포도가 유명한 곳이 투루판이다. 죽음의 사막인 타클라마칸과 만년설 덮인 톈산(천산)산맥이 가로막힌 투루판은 1년 내내 비가 거의 내리지 않는다. 그런 황량한 곳에서 포도가 자란다니 참으로 신기한 일 아닌가. 그러나 투루판의 포도 재배에는 비결이 있으니 카레즈kārēz라는 물길이 그것이다. 카레즈는 톈산산맥의 만년설이 녹아내린 물을 여기저기 땅속에 우물을 파서 보관하고, 그 우물에 지하 물길을 내어 연결한 일종의 관개수로다. 땅굴을 파듯 지하에 물길을 내어 뜨거운 햇볕에 증발되지 않도록 한 것이 투루판을 오아시스로 만든 비결인 것이다. 그렇게 연결한 물길이 5,000킬로미터나 된다고 하니 역경에 맞서는 인간의 힘은 참으로 대단하다.

투루판이나 교하고성 두 곳 다 실크로드를 가다 보면 거치는 고장이다. 물길이 교차한다는 의미에서 교하交河라는 이름이 붙은 이곳은 기원전 2세기부터 있었던 도시국가이다. 지금 내가 글을 쓰고 그림을 그리는 작업실이 있는 곳 또한 교하라는 지명이 붙은 곳인데, 멀지 않은 곳에 한강과 임진강이 교차하고 있어서 그런 이름이 붙은 것인지 나는 실크로드의 교하고성을 떠올리며 한 번씩 강을 찾아 나선다. 교하고성은 온통 흙으로 만든 고성이 폐허가 되어 남아 있는 곳이다. 당나귀가 끄는 마차를 타고 뽀얗게 먼지 날리는 고성 길을 달리다 보면 시인이 아니라도 누구나 애수에 잠겨 눈물짓게 되는 곳이 바로 교하고성이다.

옛 시에 등장하는 "공주의 비파"라는 구절을 보며 기억 속에 떠오른 것은 실크로드의 대표 도시 둔황 입구에 있던 비파 든 여인의 조각상이다. 정확한 기억인지는 모르겠지만, 그때 그 조각상은 멀리서 보기엔 좀 조악했는데, 여인이 안고 있던 비파를 보는 순간 그 조악함은 별문제가 되지 않았다. 그만큼 비파라는 악기가 주는 신비함과 이국적 아름다움이 조악함을 넘어 나를 매료시켰던 것이다. 외형적 멋스러움으로만 보자면, 서양 악기의 하프만큼이나 눈길을 끄는 악기가 비파다. 악기를 연주하는 데 남녀 구별이 있을 수 없겠지만, 아무래도 하프나 비파는 남자보다 우아한 여인에게 어울리는 악기 같다는 게 내 생각이다. 깜깜한 밤, 투루판에서 기차를 타고 둔황을 향해 밤새 사막을 달리다 보면 공주가 아니라도 깊어질 대로 깊어지는 한恨은 마음속 비파의 현을 소리 내어 울게 한다.

그 당시 전쟁이 끊이지 않던 실크로드의 지형적·정치적 상황을 짐작하게 하는 이 시에 나오는 공주가 누구를 지칭하는 것인지 알 수 없지만, 시를 보며 나는 내가 쓴 장편소설《달세뇨》에 등장한 리우시쥔(유세군劉細君)을 떠올렸다. 소설 속에서 비극의 여인으로 묘사되지만, 실제로도 그녀의 삶은 불행으로부터 자유롭지 못했다. 한나라의 제후국이던 강도국江都國의 공주이던 그녀는 부왕이 모반을 꾀하는 바람에 순식간에 낭떠러지로 추락하는 신세가 된다. 나라가 망하자 공주라는 지위를 박탈당하고 한나라의 황실에 얹혀살게 된 그녀는 다행히 목숨만은 구했지만 앞날이 순탄치 않다. 한나라 황실의 일가이기도 했던 어린 그녀를 황제는 살려두는 대신 정략적으로 이용한 것이다. 한 무제 때의 일이다. 흉노족의 침략으로 평화로운 날이 드물었던 한나라는 성장한 리우시쥔을 정략결혼의 대상으로 삼는데, 멀고 먼 오랑캐 나라의 왕에게 그녀를 시집보낸 것이다.

한나라 공주로 신분을 위장시킨 그녀를 오랑캐 왕은 1,000필의 말을 끌고 와 모셔간다. 늙은 왕에게 시집간 꽃다운 나이의 그녀는 멀고도 먼 중앙아시아에 자리한 유목민의 나라에서 다시 한번 어처구니없는 일을 당하고 만다. 노쇠해 세상을 떠나게 된 왕이 자신의 손자에게 그녀를 물려준 것이다. 족보상으로 할머니 위치에서 졸지에 손자의 처가 되고 만 그녀는 자신의 신세를 한탄하며 한나라 황제에게 서신을 보내어 도움을 청한다. 그러나 돌아온 답은 시집간 출가외인이니 그 나라 풍습을 따라 거기서 살다가 거기서 죽으라는 것. 공주는 다시 한번 자신의 아버지를 죽인 한나라를 위해 자기 삶을 희생해야 할 수밖에 없는 처지가 된다. 한나라가 그녀를 거기까지 보낸 것은 흉노를 견제하기 위해서였다. 그러나 오랑캐 나라인 오손국의 늙은 왕에게는 리우시쥔 외에 또 한 사람의 왕비가 있었으니 그녀는 다름 아닌 흉노의 공주였다. 흉노와 한나라가 서로를 견제하기 위해 각각 자국의 공주를 오랑캐 왕에게 제물로 바친 것이다.

"공주의 비파에는 원한이 깊어"라는 구절이 시에 등장하지만, 오손국의 왕비가 된 리우시쥔 역시 비파를 켜며 자신의 신세를 한탄하는 시를 남겼다. 시의 제목 또한 공주의 마음을 그대로 옮긴 듯 〈비수가悲愁歌〉인데, 자유롭게 하늘을 날아가는 고니를 부러워하며 공주는 고향으로 돌아갈 수 없는 자신의 신세를 한탄한 것이다.

내 집안은 나를 하늘 끝
오손국의 왕에게 시집보냈네.
천막이 방이 되고, 천으로 담을 쌓아
거기서 살아가네.
고기로 밥을 삼고, 말 젖을 마시고 살아야 하니
고향 생각을 하면 가슴에 괴로움 깊어가네.
한마리 황조가 되어서라도 고향으로 가고 싶네.

시간은 사정없이 흘러가고, 사람은 무정하게 잊힌다. 그러나 망각 속에서 환생이라도 하듯 불현듯 떠오르는 이름도 있다. 리우시쥔 이야기를 하다 보니 그때 실크로드에서 만난 조선족 처녀 생각이 난다. 아마도 미인이었으리라고 추정되는 리우시쥔과 달리 그녀는 예쁜 얼굴이 아니었다. 풍족하지 못한 유년기를 보내고 가족의 생활을 책임지기 위해 가이드 일을 하던 그녀는 작지만 단단한 체구였다. 실크로드를 여행하는 일행을 안내하던 그녀의 이름을 아직도 나는 기억하고 있다. 김이라는 성을 중국어로 발음하면 진, 중국어에선 ㄱ 발음이 ㅈ으로 소리난다. 자기를 진 소저라고 불러달라 했던 그녀의 이름은 요즘 감각으로는 촌스럽다면 촌스러울 수 있는 봄 춘春에 계집 녀女, 김춘녀였다. 진 소저에게 실크로드를 다니는 동안 배운 것이 하나 있는데, 그때의 배움을 나는 아직도 잊지 않고 있다. 다름 아닌 노래였기 때문이다.

유세군 이야기를 했지만 이번엔 등려군鄧麗君 이야기를 할 차례다. 춘녀가 가르쳐준 노래가 등려군의 노래였던 것이다. 중국 발음으로 덩리쥔이라 부르는 등려군은 중국뿐 아니라 한국을 비롯한 아시아 각국에서 이름을 날리던 여가수였다. 세상 떠난 그녀의 노래는 지금도 간혹 방송에 나오지만, 열렬한 그녀의 팬이던 춘녀로부터 나는 그녀의 대표곡인 〈월량대표아적심月亮代表我的心〉, 우리말로 풀이하면 '달빛이 내 마음을 대신하네'를 처음 들었다. 중국 노래나 한 곡 해보라는 일행의 요청에 그녀가 "당신을 얼마나 사랑하는지 달빛이 내 마음을 대신하네"라는 가사로 시작하는 그 노래를 부른 것이다. 잘 부르는 노래는 아니었지만 여행길에서 들은 노래는 비파의 현처럼 마음의 현 하나를 튕겼다. 여행을 끝낸 뒤 한국으로 돌아온 내가 잊지 않고 한 일이 바로 〈월량대표아적심〉의 가사 내용을 찾아보는 것이었으니 춘녀라는 이름과 함께 등려군은 내 의식 어딘가에 분명히 각인되어 있는 것이다. 그때 실크로드의 한 도시에서 진 소저가 사주던 등려군의 카세트테이프 또한 한동안 가지고 있었지만, 카세트테이프로 음악을 들을 수 있는 기계가 없어진 지금은 그 또한 어디로 사라져버리고 찾을 길이 없다.

그때 비단길이라 이름 붙은 그곳을 가면서도 왜 마음엔 비단길 대신 풀풀 먼지 날리는 황톳길만 떠올랐던 것일까? 새벽노을을 받아 은은한 분홍빛으로 떠오르던 톈산의 만년설과 막고굴莫高窟의 아름다운 불화들은 세월이 갈수록 더 눈앞에 아른거리는데, 그때나 지금이나 내 마음엔 왜 비단길이 깔리지 않는 것일까? 폐허가 되어버린 옛 도시와 마을들, 그리고 관광객이 던지는 몇 장의 지폐에 의지해 살아가는 그곳 사람들의 남루한 인생을 떠올리면 나라와 문화를 빼앗긴 그곳 소수민족들의 시름이 "공주의 비파에는 원한이 깊어"라는 시구절과 맞닿아 있는 것처럼 느껴진다. 중국의 식민지가 된 위구르와 티베트 땅엔 그때나 지금이나 시름이 깊은데, 식민지의 기억을 잊어버린 이 땅엔 또 가을이 찾아오고, 돌아와 그곳을 회상하는 나그네의 가슴엔 무섭게 비가 내린다.

길

세월이 지나 사진으로 본 풍경은 많이 달라져 있었다. 중국의 변방 도시에서 볼 수 있는 무식한 콘크리트와 난개발의 폭력. 위구르족이 살고 있는 도시 곳곳은 어느새 한족의 힘에 밀려 중국 아닌 중국이 되고 말았다.

그러나 그때 카슈카르를 떠나며 만난 백양나무 길을 결코 잊을 수가 없다. 황량한 도시였지만 그곳엔 아련한 향수를 자아내는 풍경이 곳곳에 있었다. 다시 가면 그 길은 아마 뽀얗게 먼지 날리는 풍경 그대로 여전히 그 자리에 기다리고 있을 것이다.

거기서 나는 세월의 힘만으론 지울 수 없는 아름다운 장면과 조우했다. 영화 같은 풍경이라는 표현을 하지만, 정말 그림이나 영화 같은 순간이었다. 직각으로 고개를 꺾고 봐도 끝이 보이지 않을 만큼 키 큰 백양나무가 끝없이 이어지는 길과 그 텅 빈 길 위로 먼지를 날리며 굴러가는 마차 한 대. 내가 만난 건 그렇게 먼지 날리며 가는 한 대의 마차였을 뿐이다. 그러나 하찮은 그 마차와 먼지 덮인 백양나무 길이 마음속에 그토록 선명하게 각인된 건 살아온 삶의 고통과 슬픔, 기뻐하기엔 너무 짧던 희열과 온몸으로 열어야 했던 그 많은 문, 내 안에 숨어 있던 회한 같은 것 때문이었을지도 모를 일이다.

마차라고 하기에는 너무 초라한 그것은 당나귀가 끄는 조그만 수레였다. 수레 위에 앉아 건성으로 채찍을 휘두르던 노인은 손녀냐고 묻는 질문에 퉁명스레 딸이라는 한마디를 내뱉었다. 타클라마칸 사막에 내리쬐는 강렬한 햇살이 그를 그렇게 빨리 늙게 만든 것일 뿐 백발의 짧은 머리와 굵은 주름살의 그는 정말 노인이 아니라 이제 갓 쉰을 바라보던 내 나이 또래였을지도 모른다. 그때의 그 기억이 너무나 선명해 한국으로 돌아온 나는 〈위구르〉라는 제목으로 시를 썼다. 위구르는 그렇게 내게 끝없이 이어지던 백양나무 가로수 길과 함께 떠오르는 풍경이다.

백양나무 아래서 나귀를 봤다.
나귀가 끄는 마차에 앉아 가는
모자 쓴 노인의 어린 딸을 봤다.
직각으로 고개 쳐들어도
보일까 말까 하는 나무 끝까지
점으로 찍히다가 마침내 사라지는 수레를.
나귀 불러 타던 나는 거기 없고
황량함이 더해 꿈속에도 먼지 이는
사막의 끝, 길의 끝에 나가
기우는 달 한쪽을 빌려 설레거나 기우뚱거리며
나인 줄 알고 있던 나는 거기 없고
키 큰 백양나무 길은
꼭대기마다 추억을 키운다.
뚠황을 떠난 일행이 천산을 지날 때까지
흑백사진 속을 걷는 위구르의 수염이
서리서리 은발로 빛날 때까지.

부녀가 탄 수레가 백양나무 길로 사라지는 동안 나는 문득 영화 〈길La Strada〉을 떠올리고 있었다. 순수한 영혼을 지닌 백치 젤소미나와 그녀가 사라진 뒤 비로소 사랑(사랑인지 연민인지)을 깨닫고 절규하던 잠파노. 영화 속 트럼펫 소리가 백양나무 길 어딘가에서 들려올 것 같은 착각을 하며 나는 위구르 부녀의 수레가 점이 되어 사라질 때까지 지켜보고 있었다.

환청이었겠지만, 거기서 트럼펫 소리를 들을 수 있었던 건 순전히 뽀얗게 먼지 일으키는 그 백양나무 길의 마법 때문이었을 것이다. 기적의 순간에 우린 그걸 알아차리지 못하면서도 늘 기적 같은 삶을 바라며 살고 있지 않은가. 앤서니 퀸이 연기한 무식하고 폭력적인 차력사 잠파노가 저 초라한 수레에 육중한 몸을 실었다면 수레는 아마 얼마 가지 못해 부서지고 말았을 것이다. 나는《그리스인 조르바》를 읽을 때마다 책 위로 앤서니 퀸을 오버랩시키곤 했다. 내게 조르바는 곧 앤서니 퀸인 것이다. 영화 속 그의 연기가 그만큼 강렬했기 때문이리라. 텍스트 속 인물을 충실히 재현해내는 차원을 넘어 그의 연기는 원작 속 인물이 더욱 강렬하고 뚜렷한 생명력을 획득하게 하는 마법을 부리는 것이다.

내 안에 있지만 마차는 이제 먼지를 날리며 사라져 보이지 않는다. 함께 신장 위구르 자치구를 동행한 사람들 또한 지금 내 곁에 있는 이는 아무도 없다. 여행은 돌아오기 위해 떠나는 것이지만, 떠난 뒤 아무도 돌아오지 못하게 하는 죽음은 결코 여행이 아니다. 여행을 좋아한다는 사람은 부지기수로 많지만, 죽음을 좋아하는 사람은 찾을 수 없는 것만 봐도 죽음은 이별이지 여행이 아니다. 이별은 세상에 슬픔을 심지만, 여행은 슬픔 대신 마음속에 나무 한 그루 심는다. 길 위에 서 있는 나무들을 바라보며 걸어가는 여행은 삶 위로 발자국을 남기지만, 죽음은 삶 위에 마침표를 찍는다. 삶에 대해 다 아는 듯 먹고 마시며 욕망하고 싸우지만, 우리는 아무도 우리가 돌아갈 길을 모른다. 인생은 결코 여행이 아니며 우리는 이별에 여행하러 온 게 아니다.

돌 양을
적신 눈

모르는 사이 내린 눈이 마당에 있는 돌 양의 코만 적셔놓았다. 돌로 만든 짐승이지만 나는 내 코가 젖은 듯 손으로 코끝을 만지며 정원으로 내려선다. 눈 내린 뒤라 차가운 공기에 코끝이 시리다. 차가운 이 느낌은 멀리 있는 누군가를 떠올리게 한다. 그러나 누군지 생각해봐도 알 수가 없다. 오래된 기억은 무의식의 어딘가에 저장되어 있는지 떠오르긴 해도 정체가 불투명하다. 차가운 공기가 환기하는 이 느낌은 어쩌면 사람이 아니라 공간에 대한 기억일지도 모른다. 이렇게 정결한 차가움을 어디서 느꼈던가?

살짝 흩뿌리긴 했지만 선물처럼 첫눈이 왔다. 느닷없이 오는 선물은 반가움이 두 배가된다. 군데군데 남아 있는 눈 온 뒤의 흔적, 처마 밑의 고드름이 수정처럼 영롱

하다. 세상은 우리에게 아무런 대가도 바라지 않으면서 이처럼 선물을 한다. 새벽은 날마다 오고, 햇빛은 날마다 지구를 프라이팬 데우듯 데워놓는다. 잊었던 친구에게서 30년 만에 연락이 오고, 저자도 잊어버리고 지낸 책을 20년이나 가슴에 품고 있던 독자가 불현듯 주소를 물어 찾아오기도 한다. 잊고 사는 것 같아도 우리는 잊지 않고 있다.

세상은 그래도 살아볼 만한 것이라며 미명 속으로 누군가 고지서처럼 또 하루를 내민다. 새벽의 명상은 차가운 대기처럼 서늘하고, 생은 내게 아직 더 배워야 할 목록들을 조목조목 제시한다. 삶은 배워야 할 그 무엇인지, 아니면 견뎌야 할 그 무엇인지 생의 한가운데에 있을 때는 알 수가 없다. 삶이 견디기보다 배워야 할 그 무엇이라는 사실을 깨닫기까지도 얼마나 많은 시간을 보내야 했던가.

돌 양을 이곳에 갖다 둔 친구가 생각난다. 그 친구는 국립중앙박물관에 2,000점이 넘는 청동기 유물을 기증해 박물관 명예의 전당에 이름이 새겨졌다. 국립민속박물관에 1,500점, 국립청주박물관에 인도와 중국 유물 1,100여 점을 기증하는 등 그는 천신만고 끝에 수집한 문화재들을 여기저기 무상으로 기증했다. 왜 그랬냐고 물으면 "문화재가 있을 곳에 있어서 오히려 기쁘다"는 대답이 돌아올 뿐이었다. 빈칸이 없을 정도로 빽빽하게 여권에 입출국 스탬프가 찍혀 있을 만큼 여행이 잦은 그는 특히 티베트 유물에 대한 애정이 크다. 그가 수집한 티베트 유물 중 깊은 인상을 받은 것이 있다. 사람 뼈로 만든 피리 '깔링'이 그것이다.

내게 〈깔링〉이라는 제목의 시까지 쓰도록 한 그 피리는 인간의 대퇴부 뼈에 구멍을 뚫어 만든 것이다. 삶과 죽음이 별개의 것이 아니라는 불교의 생사불이生死不二 사상이 깃든 깔링을 가리키며 우리는 먼저 죽는 이의 뼈를 피리로 만들어 불자는 농담을 주고받기도 했다. 사랑하는 이의 뼈로 피리를 만들어 불면 그 소리는 아마 만년설 덮인 히말라야 계곡 가득 울려 퍼졌으리라. 죽음의 어두운 색채가 갑자기 낭만적 상상으로 바뀌는 순간, 황혼을 맞이한 히말라야는 이마 가득 황금빛 노을을 얹기 시작할 것이다.

티베트 사람이 죽은 이의 뼈로 만든 것은 깔링뿐만 아니다. 불교도인 그들은 고승의 뼈로 염주를 만들거나, 사람의 두개골로 공양 그릇을 만들기도 한다. 삶이란 무상한 것이니 죽어서 영혼이 빠져나간 육신은 태우면 재가 되는 물질일 뿐, 애착할 아무것도 없다는 뜻이 그 안에 담겨 있는 게 아닐까? 그러고 보니 코끝을 시리게 하는 이 정결한 차가움은 티베트 땅에서 느낀 그것과 닮았다. 지금은 중국에 빼앗겼지만 해발 5,000미터나 되는 티베트 땅 주자이거우와 황룽에서 설산을 바라보며 느낀 차가움이 바로 이것이다. 티베트 전문가인 친구와 나는 선계仙界라고 할 수 있는 주자이거우의 비경을 찾아 거기까지 간 것이다.

티베트인이 삶과 죽음을 다르지 않다고 여기듯 생의 가운데에서 생을 관조할 수 있는 이는 현명하다. 현명한 사람은 위기를 통해 더 크게 배우고, 어리석은 이는 위기가 닥치면 자책하거나 타인을 원망한다. 돌 양의 코를 적셔놓고 가버린 눈처럼 누군가의 가슴을 적실 수만 있어도 생은 결코 가치 없는 것이 아니다. 사랑과 이별, 기쁨과 슬픔, 노쇠와 병고 등 겉으로 드러나는 인생의 끝자락은 환하고 밝은 빛깔보다 늦가을의 쇠락과 낙엽의 바스락거리는 기침 소리와 닮아 있다. 가을은 인생의 탄식이고 겨울은 삶의 침묵이다. 그러나 드러나는 모습과 달리 우리 내면에 깃들어 있는 신성은 삶도 죽음도 없으며,

늙음과 병듦도 없다. 끊임없는 시작과 끝 사이를 순환하고 반복하며 생은 내가 없어도 영원히 계속된다. 어느 누구도 자신이 어디서 끝날지는 알 수 없지만, 누구나 자기 생의 주인이 될 수는 있다.

외로운
행성

네팔은 아직 밤 9시가 안 되었다. 사랑하는 이가 있는 곳은 자주 시간을 확인하게 된다. 시계를 세계 시간으로 맞춰놓고 런던은 몇 시, 피렌체는 몇 시, 파리는 몇 시 하며 사랑하는 이의 동선을 따라 마음을 띄워 보내게 된다. 그러나 지금 아는 사람 하나 없는 네팔의 시간을 왜 나는 수시로 확인하는가? 아마 추억 때문이리라. 이곳에 있어도 여전히 그곳에 머무는 시간이 있기 때문이다. 추억은 과거이지만 마음속에 있는 한 언제나 현재이다.

과거를 잊지 못해 그리워하거나, 그때의 일을 되새겨 현재를 상처 내는 사람들이 있다. 그러나 지나간 날을 자꾸 후회하며 내려놓아야 할 것을 내려놓지 못하고 집착하는 사람, 그리고 매사에 부정적 말과 행동을 취하는 사람은 노화 속도가 빠르다고 한다. 늙는 것이 싫다면 우리는 이제 어딘가에 붙잡힌 생각을 내려놓고, 과거가 아닌 현재로 자신을 데려와야 한다.

네팔에 추억이 있다고 했지만, 사랑하는 누군가가 있는 것도 아니고, 추억이라고 떠올릴 만한 무슨 사건이 있었던 것도 아니다. 카트만두와 포카라를 오가며 설산을 찾거나 유적지를 다니긴 했지만, 돌이켜보니 사람과 얽혀 있는 기억은 남아 있는 게 별로 없다. 사람과 얽혀 있지 않으니 아픔이나 상처의 흔적 또한 없다. 인간이 받는 상처의 대부분은 사람으로부터 비롯되니 사랑하고 미워하고, 가까워지고 멀어지고 하는 인간관계의 마찰은 상처가 되기 쉽다. 상처 없는 인간관계가 어디 있으랴만 상처 없는 인간관계가 전혀 없는 것은 아니다. 적당한 거리에서 사람과 관계 맺기, 이것이야말로 상처 없는 인간관계이며 오래가는 인간관계의 비결이다. 나무도 적당한 거리를 두고 심어야 잘 자라듯 사람과 사람 사이에도 어느 정도 거리가 필요하다. 어디 사람뿐이겠는가. 사람과 사람 사이에 일어나는 사랑의 감정 또한 적당한 거리가 필요하다.

사람 이야기가 나왔으니 말이지만, 네팔에서 만난 사

람들을 떠올리자 맨 먼저 생각나는 한 명이 마니따다. 단 한 번 만나고 헤어진 그 아이는 당시 초등학교에 다니던 어린 학생이다. 하룻밤 묵은 안나푸르나의 로지lodge '론리 플래닛'에 살던 그 꼬마를 나는 이른 아침 산을 넘고, 계단을 오르며 학교까지 데려다준 추억이 있다. 아이의 검고 커다란 눈동자와 두 갈래로 땋아 내린 머리카락, 내 손에 전해지던 따뜻한 체온이 오랜 세월이 지났건만 잊히지 않는다. 그때 함께 가던 등굣길을 떠올리며 나는 〈론리 플래닛〉이라는 시를 썼다. 어느덧 숙녀가 되었을 그 아이를 이번 생에 다시 만날 수 있을지는 알 수 없지만, 무슨 뜻인지도 모르는 네팔어로 끊임없이 재잘거리던 아이의 목소리는 안나푸르나를 떠올리는 내 기억 속에 새소리인 양 살아 있다.

마니따야, 네가 자라는 동안
나는 이렇게 늙었구나.
늙는 것이 어찌 사람만의 일이겠느냐.
늙는 것은 우주의 일이라 써놓은
제목에 끌려 펼쳐본 책 속엔

110세 나이에 염소처럼 산을 탔다는
마뉴엘 라몬과
104세에도 여전히 처녀라고 주장했던
미카엘라 케사다의
참말 같은 거짓말이 실려 있다.
안 죽고 오래 살고 싶어서 그들은
거짓말을 했던 것일까?
늙는 것이 우주의 일이라고 말하는
책 위로 눈 내리고
그 눈을 맞으며 나는 마음에 설산을 세운다.
안나푸르나와 안데스와
마차푸차레 꼭대기에 덮여 있던 만년설
만 년 동안 녹지 않은
차가운 순결을 만지작거리며
마니따야, 몇 개씩 봉우리를 넘어 학교에 가던
너의 등교 길을 생각한다.
그 등교 길에 놓여 있던
아득한 돌계단을 생각하고
장수하는 동물이라 손에 꼽은 박쥐와
홍학과 대양백합조개와 북극고래를 생각한다.

마니따야, 시간은 흘러
삐걱대는 관절이 나를 다시
힘들게 네 앞에 세워놓는다 해도
내 입술로 소리 내는 하모니카는 노래하고
만년설은 빛나고,
다 자란 너는 이제 봉우리 넘고 넘어
학교로 가기 위해 내 손을 잡진 않겠지.

만년설 덮인 산을 바라보며 떠올린 인생의 꿈은 이제 다 사라지고 없다. 설산 생각만 하면 두근거리던 마음의 설렘도 잊혀진 첫사랑처럼 희미해져갈 뿐이다. 어디로 갈 것인가? 무엇을 할 것인가? 그리고 어떻게 살 것인가? 직관이 시키는 대로 따라갔고, 거침없이 살아왔다. 순간의 결정이 시련과 난관을 만들었다 해도 하고 싶은 대로 하고, 원하는 대로 살아왔으니 미련도 없다. 수많은 결정의 순간을 맞이하며 인생은 어딘가를 향해 나아간다. 그 나아가는 것의 종착역이 어디인지 나는 이제 알고 있다.

새벽이 어느새 밤이 지나가고 있다는 신호를 유리창 밖에서 보내온다. 두드리지 않아도 알 것 같은 새벽의 기척은 서늘하고 낯설다. 때로는 밤이 깜깜한 것이 아니라 환할 때가 있다. 눈이 왔는지 내다보면 외등 환한 밤의 골목이 때로는 혼자 드는 축배처럼 가슴 벅찰 때가 있다. 유리창 문질러 내다보는 바깥처럼 물기에 젖은 새벽은 내게 홍학과 대양백합조개와 북극고래가 살아온 침묵의 세월을 생각나게 한다. 말이 통하는 사람, 서로의 깊은 곳을 이해하는 단 한 사람의 벗을 그리워하며 인생은 긴 밤을 보내고 새벽을 맞이한다. 더 깊이 들여다보면 외로움은 존재의 조건이다. 외로운 행성에서 밤을 새우며 바라보던 설산의 은하수처럼 살아 있는 한 우리는 그 조건으로부터 자유로울 수 없다.

안나푸르나 이야기

처음 안나푸르나를 만났을 때 나는 마흔이었다. 룸비니 가는 길에서 본 설산은 아득했고, 그때까지 나는 직장에 목매달던 월급쟁이였다. 그러나 두 번째 그 산을 만났을 때 나는 자유인이었다. 가고 싶은 대로 가고, 쉬고 싶은 대로 쉬어도 아무도 관심 두지 않는 백수였다.

한문으로 白手. 할 일 없이 빈둥빈둥 노는 사람이라는 사전적 뜻이 담겨 있지만, 백수라는 말끝에 나는 엉뚱하게 〈공무도하가〉를 떠올렸다. 백수라는 단어 뒤에 느닷없이 옛 노래가 떠오른 이유는 단지 그 노래가 물에 빠져 죽은 백수광부白首狂夫의 아내가 불렀다는 유래 때문에 그런 것일 뿐, 백수라는 말과 〈공무도하가〉는 당연히 아무런 연관도 없다. 그러나 그 시절 내 심정이 남편 뒤를 따라 목숨을 버린 여인의 심정과 다를 바 없었으니 〈공무도하가〉를 떠올린 처연한 상상력이 전혀 터무니없다고만은 할 수 없을지도 모른다.

그만큼 아픔이 컸던 시절에 안나푸르나를 만났다.

해발 6,993미터, 네팔의 성산聖山인 마차푸차레가 돋보이는 안나푸르나 연봉. 풍요의 여신이라는 이름이 붙은 그 산을 나는 황혼의 호숫가에서 조우했다. 날씨는 쾌청했고, 황금빛 노을에 물든 산은 누가 밀어서 빠뜨려놓기라도 한 듯 고스란히 호수에 담겨 있었다.

강물에 빠진 남편을 따라 강 속으로 들어간 백수광부의 아내 심정이 그랬는지도 모른다. 백수광부의 아내가 부른 노래가 어떤 곡조였는지 알 수 없지만, 그 당시 물속에 빠져 죽고 싶은 심정은 마찬가지였던 나는 근처에 있는 배를 타고 호수로 들어갔다. 물속으로 들어간 백수광부가 아닌 백수의 처지에서 설산을 바라보며, 그러나 나는 빠져 죽진 않고 배에서 내리자마자 산행길에 나섰다.

둥근 달이 떴습니다.
거기서나 어디서나 둥근 달은 부신 달이라
푸르르 날아가는 빛새들이

정정하게 날 세우고 있는 산들을 불러
산은 산에게, 또 그 산은 저 산에게
거울 속에 비치듯 서로를 되비추는
울림의 연못이 눈부셨지요.
마음을 다 주고도 발등 한 번 쓸어안지 못한
만년晩年의 그 눈
만년 동안 머리에 이고 있는
은빛 그 달들 내려놓지 못해
산들은 허공 가득
푸르르 날아가는 빛새들을 키웁니다.

_김재진, 〈강가푸르나〉

안나푸르나, 아샤푸르나, 강가푸르나……. 듣기만 해도 황홀한 이름이다. 해발 7,000미터가 넘는 그 산들을 정상까지 올라가보지 못했지만, 이름을 듣는 것만으로도 행복해지니 만년설 덮인 산이야말로 내겐 제대로 된 시라고 할 수 있다.

애당초 산행을 하기 위해 간 여행은 아니었다. 더러운 꼴 보기 싫어 사직서를 던지고 떠난 길이었다. 트레킹을 하겠다는 계획이 있었던 것도 아니고, 남달리 산을 좋아한 것도 아니었다. 그냥 홀린 듯 황혼의 설산에 끌려 무작정 들어간 산이었다.

길 가던 현지인을 따라 들어간 산은 한산했다. 때는 연말이었고, 산도 연말을 타는지 사람이 드물었다. 로지에 혼자 앉아 기울고 있는 해를 바라보는 백수의 마음은 애달픈 노래를 부른 백수광부의 아내나 여옥의 그것과 닮아 있었다. 산에 미쳐 산에서 최후를 맞이한 숱한 산사람들이 저 눈 속에 묻혀 있을 것이다. 그들 또한 백수광부와 뭐 다를 바가 있겠는가? 애달픈 사연은 이곳에도 널려 있으니, 함께 여행 왔다가 실족하는 바람에 남편을 잃고 시신도 찾지 못한 채 설산을 떠나야 했던 여인 이야기는 현대판 〈공무도하가〉처럼 내게 다가왔다.

신혼여행길에 남편을 잃은 여인은 오랜 세월이 흐른 뒤, 만년설이 녹는 바람에 남편의 시신을 찾게 된다. 차가운 눈 속에서 냉동된 시신이 부패되지 않은 채 젊은 모습 그대로 발견되었다니 이 무슨 영화 같은 이야기인가. 그러나 무심한 세월은 젊었던 아내를 주름살 많은 할머니로 바꾸어놓았으니 백수광부의 처나 여옥이 애절한 이 사연을 알았더라면 또 한 편의 〈공무도하가〉가 탄생하지 않았을까?

메모

꽃이 피고 지는 그 사이를 사람들은 시간이라 부른다. 가지에 달려 있던 꽃이 떨어져 바닥에 닿기까지 그 짧은 순간을 사람들은 인생이라 부른다. 지적 생명체가 존재할지도 모를 별(태비의 별Tabby's Star)을 발견했다는 기사를 읽는다. 혹시 지구를 떠난 영혼들이 옮겨가는 곳은 아닐까? 나는 상상의 피뢰침을 세운다. 그런데 자고 일어나면 딴 별이면 좋겠다.

사람 없는 빈집에 누가 와서 저렇게 강풍에 파라솔이 찢길 것을 염려해 묶어주고 갔을까?

아무리 생각해도 짚이는 이가 없다. 목감기로 잠을 이루지 못하다가 나와본 작업실, 나를 생각해주는 누군가의 마음에 적막한 세상이 훈훈해진다.

올겨울 들어 처음으로 눈이 쌓였다. 작업실 문을 열고 낯선 손님맞이 하듯 나를 맞이한다. 간밤에 꽃은 혼자 봉오리를 열었다. 누가 문 열어 이토록 반가워할 것인가. 눈이 와도 마음은 봄이다. 절망 앞에 희망을 놓듯 어제 그린 그림 앞에 꽃 한 송이 놓아둔다.

어딘가 자꾸 전화해야 할 곳이 있는 것만 같다.

안부를 물어야 하루가 끝날 것 같은 그런 사람이 어디서 기다리고 있는 것만 같다. 아직 만나지 못한 지상의 사람들이여, 설령 그대와 내가 떠난다 해도 세상은 눈 한 번 깜짝하지 않는다. 우리는 세상의 주인이 아니었다. 나는 다만 내 별의 주인, 지구가 자전하듯 나 혼자 자전하며 가랑잎 떨어지듯 떨어져간다.

문상하지 못해 죄스럽다고, 루게릭병에 걸린 지인이 문자를 보내온다. 누가 누구에게 죄스러워해야 할지 모르겠다. 인생은 우리에게 조금도 죄책감을 느끼지 않는데, 미안하다는 말 한마디 안 하는데, 우리는 무엇인가 미안하고, 무엇인가 죄스럽다. 그래, 미안하다, 내 인생. 살 만큼 살았으니 우리 이제 헤어져도 괜찮겠다.

마음이 때로 노래를 부르라고 시킬 때가 있다.

슬픔이 때로 그만하라고 소리 지를 때가 있다. 인생엔 반복해서 일어나는 일들이 있다. 거기서 더 배워야 할 것이 있기 때문이다. 누군가를 흠모한다거나 사랑한다고 하지만, 그 수준에서의 사랑이란 그 누군가의 허상을 사랑하는 것일 뿐이다. 그것은 결국 자기 자신의 허상에 대한 집착이니 에고가 벌이는 드라마에 빠져 우리는 그것을 진실이라 믿는다.

그의 슬픔과 고통과 비탄을 진즉에 알았더라면 그를 공격하지 않았을지 모른다. 나의 부족함과 미약함과 어리석음을 진작 알았더라면 세상을 그렇게 비난하지 않았을지도 모른다. 불행에 대한 위로만큼 상대의 행운을 진심으로 축하할 수 있다면 우리는 세상과 새로운 관계를 맺을 것이다.

새벽에 깨면 명상한다. 밀려오는 느낌과 감정과 생각을 향해 "오케이, 괜찮아"라고 말하는 것도 마음을 다스리는 좋은 방법이다. 불안과 슬픔과 허무와 고통, 다가오는 부정적 생각을 밀어내지 말고 그대로 지켜보며 "그래,

괜찮아" 간단한 한마디가 과거나 미래에 가 있던 나를 현재에 머물게 한다.

걷기만 걸었다. 원추리 피는 개울 지나 4월에 내리는 눈 맞으며, 살아 있다는 가벼움 안고 걷기만 걸었다. 피지 않은 매화와 돋아나는 연둣빛 새순을 보며 아기 양의 뿔 같은 봄 속을 걸어 산과 들을 마음에 밟았다. 애기원추리가 피고 이어서 중국금매화가 핀다. 5월 첫 주에 만발한 튤립 따라 작약은 지고, 나리가 피다가 백합이 봉오리 맺는다. 나 자신 마음의 상태를 바꾸면 내가 경험할 물질계의 상태도 바뀐다.

세속에 오염되지 않은 외로운 길을 가는 사람을 우리는 수행자, 예술가, 시인이라 불러야 한다. 그들은 어떠한 권력도 추구하지 않으며 어떠한 단체에도 속하지 않는다. 이 세상에 살지만 그들은 결코 이 세상이 만든 권위에 무릎 꿇지 않는다. 사회적 동물인 인간은 모임을 만들고, 단체를 만들고, 협회를 만든다. 살아오면서 어떤 단체에도 가입한 적이 없다. 어디에도 속하지 않은 나는 단지 나무에, 풀잎에, 바람에 소속될 뿐이다.

백일홍이 한창이다. 더운 여름은 빨리 갔으면 좋겠고, 저 꽃은 오래 피었으면 좋겠다. 미운 사람은 안 봤으면 좋겠고, 좋은 사람은 늘 곁에 있으면 좋겠다. 지루한 인생은 끝났으면 좋겠고, 행복한 날들은 더 많이 남으면 좋겠다. 이율배반이다. 생각해보면 산다는 것 자체가 이율배반이다.

푸른양귀비

30대의 마지막 여행으로 인도를, 40대의 마지막 여행으로 부탄을, 50대의 마지막 여행으로 미얀마를 갔다. 이제 더 여행 갈 일이 많지는 않을 것 같다. 생의 마지막을 설산이 보이는 곳에서 보내야지 하던 생각도 바뀌었다. 여행은 더 이상 나를 설레게 하지 않는다. 설레지 않는 것을 하며 살기엔 살아온 시간보다 살아갈 시간이 턱없이 부족하다.

"행복은 미래에서 오는 것이 아니다"라고 말하는 에크하르트 톨레의 책을 다시 읽는다. 요즘 머리맡에 두고 자는 책이다. 자다가 깨서 보고, 깨다가 자다가 하며 또 본다. 시시한 책들을 내다버린 지 오래이다. "인간이 겪는 고통의 대부분은 부질없는 것"이라는 톨레의 말을 되씹으며 부질없는 생각으로 머리를 어지럽히는 책들을 멀리

한다.

인간이 알고 있는 지식 대부분은 부질없는 것일지도 모른다. 돌아보니 반평생을 시시한 책들을 읽거나 쓰며 살았다. 인생이 시시하진 않지만 내 삶은 시시했다. 생이 내게 준 가르침은 시시하지 않았지만 가르침에 대한 내 학습은 시시했다. 한 번도 우등생이 되겠다는 마음을 먹어본 적도 없었지만, 나는 결코 인생의 우등생이 되지도 못했다. "가장 내밀한 존재의 중심으로 들어가면 신성하고도 무한한 그 무엇, 뭐라 이름 붙일 수 없는 그 무엇이 있다"라는 말을 메모하며 존재의 중심으로 들어가기 위해 애써야 할 때이다.

히말라야 주변의 모든 것이 좋아 그곳을 찾아가던 시절도 있었다. 티베트 문화와 종교에 빠져 달라이라마를 친견하기도 했다. 티베트 망명 정부 동아시아대표부의 '초페' 씨가 서울에 올 때마다 얼마 안 되는 달러를 그의 손에 쥐여주며 식민지가 된 티베트의 현실을 안타까워했다. 독립 자금을 받기라도 한 듯 초페 씨는 몇 푼 안 되는 돈에 번번이 영수증을 만들어주어 나를 민망하게 했다. 오스트레일리아 여권으로 서울에 오던 그를 보며 일본 식민지하의 조선을 생각했다. 티베트 영토인 주자이거우를 여행하고 온 내게 거기가 어땠는지 묻던 미스터 초페. 중국이 점령한 티베트에 갈 수 없는 그는 고향이 궁금하고 그리웠을 것이다.

그 시절, 좋아하던 티베트 노래가 있다. 그 노래가 좋아 나는 노래를 부른 티베트 가수 '겔상 추키'를 두 번이나 초대해 서울의 무대에 세우기도 했다. 그녀가 부른 노래 〈다와 돌마〉는 6대 달라이라마인 '창양 갸초'의 슬픈 사연이 담긴 곡이다. 환생한 법왕이면서 시인이기도 했던 창양 갸초는 자신의 종교적 위치와 어긋나게 여자를 사랑하고, 예술을 사랑했던 사람이다. 〈다와 돌마〉의 가사 또한 그가 쓴 시를 바탕으로 한 것인데, 아름다우면서도 애잔한 멜로디가 몽골군에 끌려가 비참한 최후를 맞았던 그 자신의 슬픈 운명과 닮아 있다.

처마 끝에 매달아놓은 히말라야식 풍경이 바람에 흔들려 소리를 낸다. 네팔의 수도 카트만두에서 사 온 풍경이다. 물고기가 달린 한국의 풍경엔 절집에서 공부하는 수행자들이 눈 감지 않는 물고기처럼 잠들지 말고 쉼 없이 정진하라는 뜻이 담겨 있다. 물고기 대신 종 밑에 나뭇잎 하나가 매달려 있는 히말라야 풍경엔 무슨 뜻이 숨어 있는 것일까? 수행자는 아니지만 나 또한 이 별에 순례하듯 왔다 간다. 설산에서 불어오는 바람을 맞아 땡그랑거리며 흔들리는 나뭇잎 풍경엔 바람에 날려가는 나뭇잎처럼 인생은 덧없는 것이라는 뜻이 숨어 있는 건 아닐까? 작업실 처마 끝에 그 풍경을 매달았다. 찾고 찾은 끝에 겨우 구한 공간이다. 100호짜리 그림을 걸 수 있는 벽이 생겼다는 것만으로도 고마운 일이다. 저 풍경 매달아놓을 처마 하나 구하기 위해 여기까지 왔구나. 걸어온 길을 돌아보면 기쁨도 있고 회한도 있다. 기쁨에 겨워 나 또한 설산이 있는 인도나 네팔 같은 나라에서 하듯 "나마스테" 하며 두 손 모아 인사하고 싶다. 이마에 붉은 빈디(힌두교인이 눈썹과 눈썹 사이에 찍는 붉은 점 같은 장식으로 여섯 번째 차크라와 제3의 눈이 있다고 믿는 자리에 있으며 영적 능력을 높여준다고 한다)를 찍어 힌두교도나 되어볼까. 흐르는 갠지스강에 몸을 담그며 끈질긴 윤회로부터 벗어나길 시바 신에게 기원해볼까. 파괴와 창조의 양면을 가지고 있는 힌두의 신 시바는 이마 가운데 있는 제3의 눈을 통해 과거, 현재, 미래를 꿰뚫어본다. 산발한 머리에 초승달을 달고, 독사를 목에 감고 다닌다는 시바의 눈에 기대어 미래를 볼 수 있다면 다음 생에 나는 어떤 삶을 소망할까.

힌두교 이야기를 하다 보니 힌두교의 도시 바라나시에

갔던 생각이 난다. 3,000년의 역사를 지닌 도시 바라나시. 갠지스강을 보기 위해 빠져나가던 시장 같은 골목에는 박시시(자선, 보시)를 호소하며 내미는 나병 환자의 붕대 감은 손과, 장작더미 위로 불타고 있는 시신과, 어슬렁거리는 소들과, 강물 속에 몸을 담그며 신을 찬미하는 순례자의 모습이 발길을 붙든다. 한쪽에선 양치를 하고, 한쪽에선 죽은 이의 재를 뿌리고, 한쪽에서 그 물에 몸을 씻는다. 무슨 힘이 저들을 더러운 저 강물에 몸을 담그게 한 것일까? 도대체 종교가 무엇이기에 저들을 3,000년이 지난 이 시점까지 저렇게 살도록 하는 것일까? 종교는 왜 필요한 것일까?

아마도 없는 것보단 나으니 있겠지. 살다 보면 시바건, 하느님이건, 알라건 힘 있는 존재의 이름을 부르기라도 해야 견딜 수 있는 절박한 순간이 없는 것은 아니다. 그 간절함의 에너지를 다리 삼아 사람들은 세상의 험한 풍파를 건너가려는 것이겠지. 힌두교도인들 풍파가 없겠는가. 이슬람교도인들 풍파가 없겠는가. 부디스트인들 어찌 풍파를 피해 살 수 있으랴. 종교가 믿음이란 지렛대로 인생이란 무게를 들어 올리듯 예술을 신앙 삼아 삶의 무게를 견뎌내는 사람도 있다. 그림으로, 시로, 음악으로…….

귀먹은 베토벤이 교향곡 9번의 그 위대한 음표들을 창조했듯이.

처마 끝에 달아놓은 히말라야 풍경이 달빛을 받아 반짝인다. 베토벤의 〈월광〉을 듣기 위해 음반을 찾으며 나는 인생의 마지막 여행지로 염두에 둔 부탄을 떠올린다. 내가 정한 버킷 리스트 1위가 다시 가는 부탄 여행인 것이다. 물론 기대로 가슴이 설레진 않는다. 가슴 설레는 여행을 하기엔 인생에 대한 실의가 너무 크다. 인생의 끝이 어떻게 되는지 알아버린 나이엔 기대보다 체념이 적합하다. 체념이면 어떤가. 체념은 기대보다 잃을 것이 적다. 기대가 없으면 실망 또한 없다. 부탄의 수도 팀푸에서 국왕 즉위식이 거행되는 푸나카 종(푸나카 사원)까지 가는 길에 목격한 푸른양귀비 생각이 난다. 들판에 피어 있는 꽃은 아니었다. 관광객을 위해 비닐 속에 넣어 파는 꽃이었지만, 해발 5,000미터 높이에서 피는 꽃이라는 사실 하나만으로도 키 작은 그 꽃은 나를 감동시키기에 충분했다. 그 추운 곳에서 살아남기 위해 얼른 피고 얼른 지는 꽃을 보며 나는 혹한의 인생을 견디는 사람들을 생각했다.

내가 질문하면 너는 대답했지.
그건 소리가 아니었지만
너는 말하고 나는 듣고 있었어.
이 추운 곳에서 어떻게 살아가니?
창백한 얼굴 들어 너는 나를 올려보며
푸르고 조그만 입김 불어 대답해왔지.
얼른 피고 얼른 지는 게 내 운명이야.
다음 날은 바람이 드셌고
너는 이미 사라지고 없었어.
너 따라 가는 마음 불러 나는 바람에게 물었지.
꽃들은 어디 갔니? 푸른양귀비는?
너무 투명한 것들은 오래가지 못하는 법이니
몇 장의 꽃잎으로 하늘 받든 너는 내게
얼른 피고 얼른 지며
세상 넘는 법을 가르쳐줬지.
낙타는 혹을 지고 사막을 넘고
강물은 낮게 흘러 산을 넘는데
혹한의 세상에서 빛나는 것들은
얼른 피고 얼른 지며 스스로를 넘는다.

_김재진, 〈푸른양귀비〉

첫 번째
사랑

귀 대고 들어보니 뽀드득뽀드득 눈 밟는 소리가 났다. "여보세요, 여보세요?" 몇 번이나 불러봤지만 아무런 대답도 없다. 전화해놓고 왜 대답이 없지, 하는 의문은 바쁜 일에 묻혀 금방 잊고 만다. 해 질 때가 되어서야 문자가 왔다. "폰이 잘못 눌러졌나 봐요. 아이 데리고 스키장에 왔어요."

부담없는 대상이라고 여겼던 것인지 그녀는 자신의 내밀한 이야기를 내게 털어놓았다. 이혼을 했고, 양육권이 없어 1년이 넘도록 아이를 만나지 못해 미칠 것 같았던 적이 있었다는 것이다. 묻지도 않았는데, 그녀는 결혼해서 살긴 했지만 자신이 마음을 다 준 건 첫사랑뿐이라고 말을 이었다. 그러면 첫사랑 때문에 이혼한 거냐고 물어봐야 하는데 그러고 싶진 않았다. 요즘 세상에 첫사랑 때문에 이혼할 사람이 어디 있겠는가.

느닷없던 첫사랑 이야기가 끝날 때쯤, 그러나 나는 그녀가 왜 이혼했는지 알 수 있을 것 같았다. 세상엔 가끔 첫사랑에 대해 유난히 의미를 부여하는 사람이 있다. 미련 때문인지, 버리지 못한 집착 때문인지 알 수 없지만, 일생일대의 사건으로 그것을 꼽으며 마음속 깊이 넣어두고 있는 사람이 드물게 있는 것이다.

첫사랑은 흔히 이루어지지 않아서 아름답다고 한다. 계절로 따지자면 첫사랑은 아무래도 노란 은행잎이 비처럼 떨어지는 가을보다 분홍빛 진달래가 피는 새봄의 정취와 좀 더 어울리지 않을까. 초여름 아카시아 향기처럼 마음을 마구 흔들어놓는 혼곤한 사랑도 없는 것은 아니다. 그러나 그런 사랑은 어딘가 첫사랑의 순결함과는 거리가 멀다. 남몰래 꺼내 보는 편지 같은 사랑, 첫사랑은 그런 것이 아닐까? 그러나 요즘도 그런 사랑이 있기나 한 것일까?

생애 처음 겪는 사랑이란 대부분 풋사랑일 때가 많다. 채 익지 않은 과일을 먹을 수 없듯 풋사랑은 결국 떫은 기억과 더불어 뱉어내게 된다. 그러나 너무 떫어서 이루어지지 않는 사랑을 두고 사람들은 첫사랑이라 착각하기도 한다. 과일이 익기 위해선 일정한 바람과 햇빛, 일정량의 비가 필요하듯 사랑을 하기 위해서도 얼마간의 성장과 성숙이 필요하다. 첫사랑이란 결코 처음의 사랑을 뜻하는 것만은 아닐 것이다.

인생에 대해 조금씩 알기 시작하면 사랑에 대한 가치관도 조금씩 달라진다. 누군가에게 함부로 끌려가지 않으면서 또 함부로 내 마음을 누군가에게 내보이지도 않는 것을 성숙이라고 해야 할지 모르겠지만, 젊고 미숙하던 시절과 달리 나이가 들면 사랑하는 것도 복잡해진다. 세상을 보는 눈이 깊어졌다고나 할까? 새봄의 눈부신 꽃잎 같은 사랑이나 초여름 아카시아 향기처럼 마음을 흔들어놓는 사랑 대신, 이젠 노란 은행잎이 자욱하게 깔리는 늦가을 같은 사랑이나 따뜻한 향기가 입안에 감도는 모과차 같은 사랑에 더 마음이 끌린다.

첫사랑보다 마지막 사랑이 되는 게 좋다는 생각을 하는 것도 나이가 들면서부터이다. 첫사랑은 지나가는 사랑이니 흘러가고 만 그것에 매여 지금 이 순간의 충만함을 놓친다면 얼마나 어리석은 일이겠는가. 무엇인가를, 그리고 누군가를 사랑하려 한다면 그것이 내 인생의 마지막 사랑이 되도록 현재에 충실하는 것이 좋다. 모든 일이 그러하지만 사랑 또한 지금, 여기, 현재에서 일어나는 일이니 과거에 매여 현재를 놓치는 것만큼 어리석은 일은 없다. 한마디 말없이 뽀드득뽀드득 눈 밟는 소리만 들려주던 그녀는 어쩌면 첫사랑에 대한 과도한 기억 때문에 결혼 생활이 순조롭지 못했던 건지도 모를 일이다. 꼭 그런지는 모르겠지만, 놓아버려야 좋을 과거를 무리하게 쥐고 있으려다가 지금의 현실을 놓친 것이다. 지나간 것을 놓지 못한 어리석은 집착이 지금 이 순간의 현실을 깨어지게 한다면 얼마나 억울한 일인가.

그녀의 첫사랑 이야기를 들으며 나 또한 내가 겪은 사랑에 대한 기억을 더듬어봤다. 그러나 세월이 너무 흘러 언제 어느 시점의 사건을 첫사랑이라고 해야 하는 건지 명확하지 않다. 그때 나는 너무 어렸고, 그 시절 나를 힘들게 한 것은 돌이켜보면 인생에 대한 패배감이나 좌절감 같은 것이었지 사랑의 아픔이 아니었을지도 모른다. 그러나 그것은 세월이 만들어낸 먼지 묻은 변명일 수도 있다. 꼭 사랑이라 부를 수 있는 것이 아니라 해도 인생의 길목에서 우리가 만난 어떤 순간은 세월이 가도 변하지 않는 순수함으로 남아 있다.

첫사랑이란 그런 순수한 시절에 만난 이성에 대한 기

억 같은 것이 아니겠는가. 이런저런 일에 쫓겨 바쁘게 살면서도 사람들은 빛바래지 않는 진실 하나씩은 가슴에 묻은 채 살아간다. 눈 깜짝할 사이에 1년이 가고, 또 10년이 쏜살같이 날아가는 이 빠른 세상에서 우리가 살아갈 날이 얼마나 남았으며, 사랑할 날이 얼마나 남았을지 알 수 없다. 그러나 인생의 연륜이 깊어가면 깊어갈수록 사랑을 받기보다 사랑을 줄 수 있는 날이 더 많았으면 좋겠다는 생각을 한다. 내가 사랑하는 그 누군가에게 그 자리에 있다는 것 하나만으로도 위안을 주는 존재가 될 수 있다면 얼마나 고마운 일이겠는가.

폐허의 노래

폐허를 떠올리면 가슴 젖는다. 폐허에 서서 가슴 젖지 않을 이라면 시를 쓰지 말아야 한다. 느닷없는 비애는 비단길 따라 걷던 백수의 슬픔일 것이니 전업 작가라는 허울 좋은 이름 뒤의 백수 시절 고창고성高昌古城에 갔다. 마음 아픈 시절에 가는 여행은 여행이 아니라 방황이다. 이는 법을 구한다는 일념으로 머나먼 천축(인도)으로 떠난 현장玄奘의 여행과는 질이 다른 일종의 도피성 여정일 것이다.

법을 구하러 가던 길에 고창 왕국에 도달한 현장 법사는 한 달 정도의 시간 동안 머물며 포교를 한 뒤 이곳의 왕에게 돌아오는 길에 다시 들르겠다는 약조를 했다. 물론 천축에서 구한 진리를 왕에게 전해주겠다는 약속이었다. 그러나 이 일을 어쩌랴! 현장이 돌아오기도 전에 나라는 멸망하고 왕은 적군의 손에 죽고 말았으니.

사막의 오아시스 투루판에서 30킬로미터 정도 떨어진 곳에 있는 고창고성은 그 당시 교통의 요지였다고 한다. 하지만 내가 본 그곳은 풀풀 날리는 먼지 속에 관광객을 기다리는 당나귀 울음소리 시끄러운 폐허가 되었다. 《서유기》에 나오는 화염산과 그 뒤로 만년설을 머리에 인 톈산산맥을 배경으로 하는 이 폐허엔 오로지 흙과 벽돌로만 지은 건물 잔해가 먼지 되어 날리고 있다.

엄청난 규모의 이 폐허를 돌아보려는 이들이 이용해야 하는 것은 고집 센 당나귀들이 끄는 마차이다. 그러나 달리는 바퀴가 일으키는 흙먼지를 한 뼘 손수건을 꺼내 가리면서도 못내 폐허에 끌리는 마음은 무엇 때문이란 말인가. 흥망의 역사가 담긴 폐허 속에서 시상詩想에 잠기지 않는다면 그 또한 시인이라 할 수 없지 않겠는가.

사라지는 마차를 따라가던 시선이
점 하나로 번진다.
한낱 티끌로 날아가고 말
덧없는 몸뚱이의 피곤한 무게

분처럼 날리는 먼지 피해 손수건 꺼내 들면
파리한 그림자가 길 위로 흔들린다.
폐허를 가다 보면 마음도 먼지가 앉는지
당나귀 울음소리 등 뒤로 끌며
나는 그만 떠나고 싶어진다.
천축으로 간 현장이 다시 돌아오지 않듯
다시는 이곳을 찾지 않으리라.
한 시절의 영화榮華래야 바퀴 자국으로 구를 뿐
사나운 당나귀 울음소리 노을처럼 밝히고
몇 위엔의 지전紙錢 따라 채찍을 드는
고창은 이제
비루한 마부들의 눈길에나 남아 있다.

_김재진, 〈고창고성〉

자고로 시인이란 사라져가고 무너져가는 것을 애착하는 자인지도 모른다. 그것은 소유에 대한 애착이 아니라 아마도 상실에 대한 애착이라 불러야 할 감상感傷일 것이다. 그런데 애착이란 무엇인가? 심리학에서의 애착이란 생후 1~2년 내에 양육자와 아기 간에 형성되는 감정적 유대 관계로부터 비롯되는 감정이다. 그렇다면 아기와 부모와의 관계에서 형성되는 그 감정적 유대 관계의 결과물인 애착이 시인에게는 유독 사라져가는 것에 대한 향수 형태로 남는 것인가?

한 심리학자는 애착의 유형을 안정과 불안정으로 나눈 뒤, 불안정한 유형을 다시 세 가지 유형으로 세분했다. 첫 번째는 자기 자신에게는 긍정적이지만 남에게는 부정적 시각을 가지고 있어서 남의 눈치를 전혀 보지 않는 유형으로 우리는 이들을 '자뻑'이라 부른다. 두 번째는 그 반대로 자신을 부정적으로 보고 타인을 긍정적으로 보는 유형이다. 이들은 타인과 친하게 지내기를 원하면서도 다른 사람이 자신을 싫어할 것을 염려하는 심약한 사람들로 자뻑과는 대조적이다. 마지막 세 번째 유형은 자신과 타인 모두를 부정적으로 보는 사람들이다. 매사에 삐딱한 사람들이라고 할 수 있는 이들이 세상과 조화를 이루며 살기란 쉽지 않다. 그런데 우리가 흔히 보는 시인이라는 사람들 중엔 이런 세 번째 유형이 많다는 것이 내 생각이다. 아니면 내가 만난 시인들이 유독 그런 것일까?

그러나 시인이란 눈부신 태양보다 패색 짙은 석양에 취해 매사를 그르치는 사람인지도 모른다. 화려함보다는 누추함, 성공보다는 좌절과 실패, 기쁨보다는 슬픔에 포커스를 맞추는 그들의 내면이 설령 심리학에서 말하는 감정적 유대 관계에 의한 부정적 애착 때문에 그렇다 한들 어쩌랴. 고창은 여전히 마부들의 비루한 눈길 속에 먼지를 날리고, 시는 환희보다 비탄, 그리고 번성보다 소멸로부터 탄생하는 것을 어찌하겠는가. 고창에 다녀온 지 어언 20년 세월, 폐허가 얼마나 어떻게 변했는지 나는 모른다.

그 숲에 가고 싶다

나무로부터 배우는 것이 많다.

가을 벌판에 서 있는 느티나무는 명상에 잠긴 성자 같다. 늦여름 더위 속에 만개한 채 가을의 초입까지 붉은 울음 터뜨리는 배롱나무의 절규를 어찌할 것인가. 가을 넘겨 겨울 숲을 지키고 있는 자작나무를 떠올리면 인간보다 수명이 긴 나무의 생애에 숙연함을 느낀다.

하얀 수피로 고결한 의상을 지어 입은 자작나무가 보고 싶어 원대리까지 간 적이 있다. 길고 긴 백두대간을 관통하는 터널을 지나 무작정 가기만 하면 나무를 보겠지 하는 생각으로 자동차를 몰았는데 그게 아니었다. 자동차를 세워두고 땀을 뻘뻘 흘리며 산길을 걷고 또 걸어서 올라가야 자작나무 숲이 등장한다. 무대에 올라가듯 등장이라는 표현이 어울리는 그것은 그야말로 고고한 출현이다.

아니, 출현이라는 표현보다 현현顯現이라는 표현이 적합하다. ‘명백하게 나타나다’라는 뜻이 담긴 현현은 출현보다 훨씬 더 신성하거나 거룩하게 사용된다. 문장을 바꾸어 다시 쓴다면, 언제 나올까 조바심하며 언덕길을 올라가던 내 눈앞에 숲은 모퉁이를 돌아서는 순간 “아!” 하는 감탄사를 자아내며 현현했다. 예고편을 상영하듯 하나씩 보이던 나무들이 뒤로 물러서며 마치 걷어낸 구름위로 떠오르는 것처럼 하얀 숲이 자작의 대군을 거느리고 나타난 것이다. 원대리에서 보았던 자작나무 대군은 북방의 서정을 노래한 백석의 시에도 현현하니 시인은 “산골집은 대들보도 기둥도 문살도 자작나무다/ 밤이면 캥캥 여우가 우는 산도 자작나무다/ 그 맛있는 메밀국수를 삶는 장작도 자작나무다/ 그리고 감로甘露같이 단샘이 솟는 박우물도 자작나무다/ 산 너머는 평안도平安道 땅이 뵈인다는 이 산골은 온통 자작나무다”라고 노래했다.

대들보도, 기둥도, 우물도 자작나무인 백석의 산골을 떠올리며 나는 지금은 사라진 여우 생각을 했다. 1980년 이후 남한에선 멸종된 것으로 추정하는 여우 이야기를 어린 시절 종종 들은 것이다. 아련한 기억 속의 내 할머니로부터 들은 여우 이야기는 그러나 이제 생텍쥐페리의 여우와 그 자리를 바꾸었다. 여우가 사라지며 전설마저 잃어버린 우리에게 생텍쥐페리가 만들어낸 새로운 여우가 전설인 듯 들어선 것이다. 《어린 왕자》의 모델이 된 여우는 북아프리카 사막에 사는 귀가 큰 흰꼬리모래여우로 알려져 있다. 북아프리카 사막에 불시착한 생텍쥐페리의 경험이 흰꼬리모래여우를 불멸의 명작으로 창조해낸 것이다.

여우와 어린 왕자 이야기를 하면 생각나는 친구가 있다. 군대 시절의 친구인데, 나보다 1년 앞서 입대한 선임이던 그는 그때 비록 20대 중반으로 가고 있었지만 어린 왕자처럼 순수한 성품을 지니고 있었다. 고향이 다른 그와 나는 서로를 원수 대하듯 불편하게 해야 정상으로 여기는 지역감정의 양극단에 있는 지방 출신이다. 그러나 그런 지역감정과 무관하게 그는 전출병인 내가 어느 구석에서 얻어맞고 있지는 않은지 찾아다니며 감시할 정도로 각별하게 나를 돌봤다. 인간성 자체가 따뜻했던 것이다. 하루 저녁에 열 켤레 넘는 선임들의 군화를 닦는 동안 그는 라면을 끓여놓고 나를 부르곤 했는데, 같이 외출을 나갈 정도로 가까워진 뒤에는 서로 말을 트는 친구가 되었다. 그런 그와 나의 우정은 전역을 한 이후에도 이어졌다.

군대 시절 그가 내게 호의를 베푼 이유는 단 한 가지, 내가 글을 쓴다는 것 때문이었다. 그 또한 글을 쓴다며 노트 여기저기에 시 비슷한 걸 끼적이곤 했지만, 그 당시 안목으로 봐도 그건 사춘기적 감상을 벗어나지 못한 수준이었다. 그 역시 자신이 그 정도 수준이라는 사실을 모르는 바 아니었다. 그런 그가 유난히 입에 잘 올리던 이야기가 바로 여우와 어린 왕자였다. 말은 안 했지만 나는 그가 생텍쥐페리의 문학을 어느 정도 깊이로 이해하고 있는지 의문을 가지고 있었다. 그저 대중적 인기를 끌고 있던 책의 유명함을 추종하고 있을 뿐 그가 책 내용을 온전히 이해하고 있는 것 같지는 않았던 것이다. 이를테면 "네가 4시에 온다면 3시부터 나는 행복해질 거야"라는 식의 알려진 대사만을 암송하며 그는 젊디젊은 청춘의 돌파구를 낭만적 몽상 속에서 찾고 있었다. 그런 그의 몽상적 세계관은 전역 이후의 사회생활에서도 바뀌지 않고 계속되었으니, 그런 현실적이지 못한 삶의 태도로 인해 그는 결국 불운을 맞닥뜨리고 말았다. 그가 실종된 것은 어쩌면 스스로 자초한 운명 같은 것인지도 모르겠다.

독일 유학을 갔다 온 뒤 그는 다시 나와 연락이 닿았다. 둘 다 생활 터전을 서울에 잡았기 때문이다. 유학이라고 했지만 나는 그가 음악을 공부하러 독일에 간다는 사실조차 모르고 있었다. 갔다 온 뒤에 알았을 뿐 쾰른에서 암스테르담까지 지휘를 배우러 다니기도 했다는 그의 말을 나는 반신반의했다. 사회에서 자리 잡기 위해 정신없던 때였으니 그도 나도 서로에게 무심한 시간이었던 것이다. 돌아와 그가 서울에서 시작한 일은 피아노 학원이었다. 대단치 않은 그의 피아노 솜씨를 어느 정도 알고 있던 나로서는 그 또한 미스터리한 일이었지만, 그러려니 했을 뿐 캐묻지 않았다. 학원 벽에는 세계적 음악가들의 사진을 걸어놓고 정리 정돈을 잘하는 성격 그대로 실내를 예쁘게 장식했으니 어쩌면 그는 훌륭한 피아노 강사였을지도 모를 일이다.

피아노 학원을 그만두고 새로운 사업을 시작했을 때도 그는 언제나 낙천적이었고, 하는 일이 순조로운지 "성실하고 정직하면 하늘이 보답한다"라는 말을 입에 달고 살았다. 실제로 그의 성품은 정직하고 검소했다. 나름대로 안목이 있어 사무실 인테리어를 종종 바꾸고 승용차를 자주 세차하는 정도가 그가 부리는 사치였을 뿐, 술도 담

배도 입에 대지 않는 그는 이성에 대한 세속적 욕망도 없는 친구였다. 그랬던 그가 주식에 손을 댄다는 사실을 알게 된 건 내가 비분강개한 심정 하나로 다니던 직장에 사직서를 내던진 바로 그해였다. 회사를 그만뒀다는 내게 그는 "성질도 참! 그렇지만 먹고살 일 너무 걱정할 건 없다. 다 길이 있어" 하며 걱정 반 위로 반으로 나를 격려해 주었다. 그러나 오래 지나지 않아 외환 위기가 닥쳤고, 급전직하로 추락한 경제는 그에게도 치명상을 안겼다. 주가는 폭락하고, 외채를 갚기 위해 집집마다 장롱에 모셔둔 금붙이까지 꺼내오며 국가 부도의 위기를 극복하기 위해 몸부림치던 때의 일이다.

사라지기 전 그는 마지막으로 나를 찾아왔다. 자신의 주선으로 누군가의 가게를 인수한 내 동생 문제 때문이었다. 적지 않은 권리금을 주고 인수한 가게가 그의 친인척이 경영하던 곳이었다는 사실을 알아낸 건 동생이었다. 형 친구의 소개라서 믿고 권리금까지 지불했는데 팔리지도 않는 가게를 넘겼다는 게 동생의 주장이었다. 그러나 친구는 오해라고 말했다. 길가에 자동차를 세워둔 채 그와 나는 긴 이야기를 나누었다. 세상살이가 만만치 않다는 사실을 그도 나도 절실히 알아가던 시절의 일이었으니 삶으로부터 우리는 한참 더 배워야 할 것이 많았다. 일단 오해라는 그의 말을 믿기로 한 나는 동생의 불만에 일체 반응하지 않았다. 모든 판단은 유보한 채 돈이 생기면 권리금을 메워줘야겠다는 결심을 혼자서 한 것이다.

그날 그 길 위에서의 만남을 끝으로 다시는 그를 만나지 못했다. 음악을 좋아한다는 이유 하나만으로 쾰른까지 가서 살았고, 해외에 자주 나가 견문을 넓혀야 한다며 나를 부추겨 처음으로 함께 외국에 가기도 했던 그는 그날 이후 다시 내 앞에 나타나지 않았다. 지쳐서 힘들어하는 내 배낭까지 둘러맨 채 취리히와 로마와 부다페스트를 누비고 다니던 그의 모습이 생각난다. 돈을 아끼기 위해 안 먹고, 안 쓰고, 형편없는 잠자리만 찾으며 강행군하던 그 때문에 나는 코피까지 흘리며 밤 열차를 타야 했다. 1990년 아직 해외여행이 일상화하기 전의 일이다. 지칠 줄 모르고 전진하는 그의 체력에 질려 나는 도중에 그와 헤어져 다른 도시에서 만나자는 제의까지 했다. 그 제의 덕에 하룻밤 호텔에서 묵긴 했지만, 자면서도 그는 내내 외국에 나오면 외화를 낭비하는 게 아깝다는 말을 반복했다. 그건 세상모르는 것 같은 내게 그가 군대 선임으로서 하는 충고나 일종의 경제 교육 같은 것이었다. 엉뚱하고 한편으로 돈키호테 같기도 한 그를 나는 이상한 별에 떨어진 어린 왕자라고 놀려대곤 했다. 서른다섯, 아직 젊음의 푸른 물이 다 빠지지 않았을 때의 일이다.

오랫동안 소식이 끊긴 그에게서 전화가 온 것은 놀라운 일이었다. 구식 폴더폰의 바뀐 전화번호를 천신만고 끝에 알아낸 그는 엉뚱하게 아프리카에서 전화를 걸어왔다. 케냐인지 짐바브웨인지 국명조차 알쏭달쏭한 먼 곳에서 말이다. 정말 도깨비 같은 전화였다. 도대체 어디서, 어떻게 살고 있었냐는 물음에 그는 다시 생각지도 못한 대답을 했다. 메일 주소를 가르쳐주면 보낼 원고가 있다는 것이었다. 또 무슨 엉뚱한 소리인지 몰라 나는 메일 주소를 불러주며 뭔 원고냐고 캐물었다. 그의 답은 아프리카에서 소설을 쓴다는 것이었다. 소설 원고를 보낼 테니 검토해서 잘 아는 출판사를 찾아 책을 내달라는 것이 전화의 주된 용건이었다. 군대 시절 노트에 적어놓은 그의 문장 실력을 알고 있던 나로서는 황당한 일이었다. 일단 보내라고 대답한 뒤 아프리카로 여행을 간 게 아니라 거기서 사느냐고 물었다. 설마 하는 생각으로 물은 말이었다. 그의 대답은 "빅토리아 폭포가 멀지 않은 곳에서 살고 있다"였다.

그는 정말 메일로 소설을 보내왔다. 장편소설이라고 써놓은 원고는 그러나 첫 문장부터 No라고 답해야 할 수준이었다. 억지로 읽긴 했지만 그걸 책으로 내줄 출판사는 내가 아는 범위 내에서는 없을 터였다. 냉정하게 나는 정신 차리라는 답장을 했다. 그 멀리까지 가서도 아직 현실감 없이 살아서는 안 된다는 생각 때문이었다. 소설 같은 건 생각하지도 말고 한국으로 돌아올 생각이나 하라는 게 답장의 내용이었다. 경제적으로 곤궁에 빠진 그가 즉흥적으로 모든 걸 포기한 뒤 외국으로 도피한 것 같다는 생각이 든 것이다. 경제 쪽으로는 그보다 더 문외한이었지만 위기에 빠진 친구에 대한 걱정이 가슴을 짓눌렀다. 그 뒤 "알겠다"는 답장이 한 번 더 왔다. 그런 다음 연락이 끊긴 그를 다시 떠올리게 된 것은 뜻밖의 만남 때문이었다.

그렇다. 그와 나 사이에 그건 사건이라고 할 만한 일이었다. 서울 변두리에 작업 공간을 구하기 위해 부동산 사무실을 찾아다니던 내게 그의 이름을 대며 자기를 모르겠느냐고 묻는 사람이 나타난 것이었다. 구하고자 하는 집을 소개받아 둘러보는 자리였다. 집을 살펴본 뒤 부동산 사무실로 돌아온 자리에서 방금 내게 집을 안내해준 부동산 아주머니가 자기를 가리키며 모르겠느냐고 물은 것이다. 전혀 기억에 없는 사람이었다. 소개한 집을 둘러보는 동안에도 아는 기색을 하지 않던 그녀가 표정을 바꾸며 자기를 모르겠느냐고 묻는데 난감할 뿐이었다. 모르면 안 될 것 같은 분위기였다. 그러나 아무리 떠올려도 어디서 본 사람인지 생각나지 않았다. 망연해하는 나를 바라보며 그녀는 "너무 오래 안 봐서 기억하기 힘드시죠? ○○○의 처입니다"라고 아프리카에 있는 친구 이름을 대며 자기를 밝히는 것이었다. 깜짝 놀랐다. 신혼 때 보고 못 본 사이 그녀는 몰라볼 정도로 달라져 있었다. 생각지도 못한 곳에서 만났지만, 친구의 부인을 몰라보다니 미안하고 당황스러운 마음에 나는 서둘러 연락처만 건네고 사무실을 나왔다.

내가 준 연락처로 그녀가 전화를 걸어온 것은 한참 뒤였다. 혹시 친구가 있는 곳을 알고 있느냐는 전화였다. 어찌 남편 있는 곳을 내게 묻는지 아프리카에 있는 거 아니냐고 되묻자 오래전 사라진 뒤 연락이 끊겼다고 했다. 사연을 듣고 보니 연락이 끊긴 건 나나 친구 부인이나 마찬가지였다. 어찌 이럴 수가 있느냐며 탄식하는 사이 그녀는 용건을 말했다. 이혼 서류를 보내야 하는데 어디 있는지 행방을 찾을 수 없어 고심하던 중 우연히 나를 만났다는 것이었다.

어린 왕자의 여우 얘기를 하다가 이야기가 실종된 친구 얘기로 번져나갔다. 법적으로 실종이 어떤 의미를 갖는 것인지 알 수 없지만, 친구도 모르고 가족도 모르는 상태라면 적어도 모두의 마음속에서 그는 실종 상태가 아닐까. 그래도 나는 친구가 어린 왕자처럼 허물을 벗듯 몸을 벗고 이 별을 떠났다고 생각하진 않는다. 몽상적이지만 남달리 생명력 강한 그의 성품을 알고 있기 때문이다. 그러나 언젠가 연락이 오겠지 하는 생각으로 기다린 세월이 오래되자 그의 생명력에 대해서도 점점 의문이 고개를 들고 일어선다. 생명력 강한 나무들이 지구온난화 때문에 말라 죽듯, 남한에서 여우가 멸종하듯, 어린 왕자와 같이 순수한 성품을 지니고 있던 사람들도 세파에 찌들어 하나씩 변형되고 마침내 멸종을 맞이하는 것은 아닌지 모르겠다. 가끔은 젊은 날의 치기 어린 시간을 생각하다 입가에 미소가 번지듯 그 시절의 미숙함 또한 그리움으로 번질 때가 있다. 그러나 밤새 내린 비가 세상을 적시고 풀숲의 독버섯을 자라게 하지만 피톤치드를 뿜어

내는 숲은 여전히 건강하다. 새하얀 수피를 의상처럼 걸친 자작나무 군락을 생각하면 고결한 기운이 마음을 맑게 한다. 평생을 그 자리에 선 채 나무는 밤마다 찾아오는 하늘의 별을 기다린다. 별로 돌아간 어린 왕자를 그리워하듯 살아 있는 동안 우리는 끝없이 무엇인가를 그리워한다. 아름다운 나무를 보면 숲이 생각나듯 나이를 먹으면 옛 친구가 그립다. 그 숲에 가고 싶다.

4

사랑은 이 순간 진심을 다하는 것이다

다시 태어나면 너하고 살고 싶다

같이 있으면 금방 따분해지는 사람이 있고, 그렇지 않은 사람이 있다. 처음에는 재미있었는데 볼수록 재미없어지는 사람도 있고, 처음부터 아예 같이 있고 싶지 않은 사람도 있다. 물론 언제 봐도 재미있는 사람도 있기는 하다. 그런데 언제 봐도 재미있는 그 사람과 1년 열두 달 같이 살아보면 어떨까?

허물없는 지인들에게 물어본다. "다시 태어나도 그 사람하고 다시 살고 싶나요?" 흔히 하는 표현으로 잉꼬라고 할 만큼 붙어 다니는 부부들을 향한 질문이다. 그런데 질문이 끝나자마자 "에이, 이만큼 붙어 다녔는데 다음 생엔 다른 경험을 해봐야죠"라는 답이 돌아온다. 그렇지. 우린 세상에 뭔가를 경험하러 왔으니 일편단심 민들레도 좋지만, 이런저런 상대를 번갈아가며 경험해보는 일도 나쁜 것은 아니지.

이번엔 또 다른 잉꼬(이 경우엔 좀 이상한 잉꼬지만) 중 프라이팬으로 남편의 머리통을 내리쳐 폭력의 역사를 다시 쓴 여자에게 묻는다. 프라이팬 징벌의 귀책사유는 당연히 남자 쪽에 있다. "끔찍스러운 말 하지 마세요." 미간을 찌푸리며 프라이팬녀가 단숨에 답한다. 그런데 그렇게 답하면서도 남편의 일거수일투족에 신경 쓰며 시간만 나면 붙어 다니길 원하는 그녀를 어떻게 이해해야 할지 난감하다. 미운 정 고운 정 다 들었다는 것인가? 말이 나왔으니 하는 말이지만 이렇게 답하는 사람도 많기는 하다. "미우나 고우나 어쩌겠습니까. 다음 생에도 또 같이 살아야지요."

그러나 생을 어찌 재미로만 살겠는가. 재미를 매력이라는 말로 바꾸어보면 좀 달라진다. 사람 중엔 참으로 매력 있는 사람도 있고, 매력이라곤 눈곱만큼도 없는 사람도 있다. 매력은커녕 보기만 해도 재수 없는 사람도 없지는 않다. 처음과 끝이 같지 않은 사람도 있고, 앞은 거창한데 갈수록 형편없는 사람도 있다. 앞과 뒤가 맞지 않는 사람에게 매력을 느낄 사람은 없을 것이다. 앞말은 언제 했느냐는 듯 잘라버린 채 엉뚱한 뒷말로 사태를 호도하는, 겉과 속이 다른 유형은 또 어떤가. 다시 태어나도 절대 만나고 싶지 않은 사람이 바로 그런 표리부동형이다.

그런데 다시 태어나는 일은 정말 있을 수 있는 일일까? 다시 태어남, 즉 환생을 절대적으로 신봉하는 종교가 없는 것은 아니지만, 종교적 믿음은 별개로 두고 세상 어디서도 죽었던 사람이 다시 태어난 경우를 나는 본 적이 없다. 다시 태어난다는 말보다는 차라리 100세 인생이란 말이 무색하게 1,000년 넘게 사는 사람이 있다는 전설 같은 이야기가 내겐 더 설득력 있다.

신비주의자에겐 널리 알려진 이야기이지만, 히말라야에 가면 정말 1,000년 넘게 살고 있는 사람이 있다고 한다. 수 세기에 걸쳐 존재하는 '바바지Babaji'라는 성자가 그 주인공인데, 내가 그에 대해 관심을 가진 건 요가난다의 《영혼의 자서전》이라는 책을 통해서이다. 이 책은 스티브 잡스 같은 인물이 아이패드에 저장해놓고 읽은 책으로 유명하지만, 바바지라는 신적 존재를 세상에 처음 알린 책이기도 하다. 스티브 잡스 역시 이 책을 읽었으니 바바지는 아마 그의 뇌리 속에도 깊은 인상을 남겼을 것이다. 그런데 내가 바바지 이야기에 더 흥미를 느낀 건 실제로 그를 만난 적이 있다는 인물과 조우하면서부터

였다. 바바지 못지않게 불가사의하게 느껴지던 그가 자신의 삶을 변화시킨 결정적 인물로 바바지를 거론한 것이다.

상식적으로 믿기 힘들지만, 내가 만난 그는 음식을 전혀 먹지 않고 사는 초능력자였다. 고체로 된 식사는 물론이고, 물을 비롯한 음료수 또한 전혀 섭취하지 않고 산다. 그런 그에 대해 나 또한 처음에는 반신반의했다. 그러나 그가 음식을 먹지 않고 산다는 것은 그를 아는 사람들 사이에선 이미 검증된 사실이다. 오직 공기와 햇빛만으로 살아가는 그를 사람들은 우주의 에너지만 먹고 사는 사람이라고 해서 '호흡식가'라고 불렀다. 음식에서 에너지를 취하지 않고 그는 오직 호흡을 통해서만 삶의 에너지를 얻는 것이다. 그런 그의 입에서 바바지 이야기가 나왔으니 바바지라는 존재에 대한 나의 호기심은 더 커질 수밖에 없었다.

어느 날, 지인에게서 전화가 왔다. 한국에 처음 오는 호흡식가가 있는데, 그를 위해 숙소를 제공해줄 수 없겠냐고 묻는 내용이었다. 지인은 그때 내가 머물던 공간을 염두에 두고 부탁한 것이었는데, 나는 사정이 안 된다고 거절하면서 대신 함께 명상하는 자리는 마련해보겠다는 답을 했다.

음식을 먹지 않고 산다는 초능력자에게 호기심이 생긴 것이다. 그가 정말 먹지도, 마시지도 않고 사느냐에 대한 검증은 자연스레 이루어졌다. 숙소를 구하지 못한 그를 지인이 자기 집에 묵게 한 것이다. 스무 평쯤 되는 좁은 아파트에서 보름 이상을 함께 생활하면 그가 먹는지 마시는지는 저절로 알게 된다. 일체 먹는 것이 없으니 당연히 배설까지 하지 않는다는 것이 지인의 증언이다.

그의 신비한 행적은 먹지 않는다는 사실 하나에 그치는 것이 아니었다. 행글라이더가 추락해 척추와 다리가 다 부러졌고, 다시는 일어설 수 없을 것이라는 절망적인 진단에도 불구하고 얼마간 휠체어 생활을 한 뒤 정상으로 돌아왔다거나, 공원에 앉아 있는 그의 손바닥 위로 새들이 날아와 모이를 먹는다거나 하는 등 영화에나 나올 법한 상황이 인터넷을 통해 찾아낸 자료에 나와 있었던 것이다. 불가사의한 그의 삶에 매료된 나는 그가 정말 어떤 존재인지 파헤쳐보고 싶은 심정으로 4시간가량 그와 인터뷰하는 자리까지 마련했다.

그러나 그와의 사이에 뜻밖의 일이 벌어진 건 그를 만나고 얼마간의 시간이 지난 뒤였다. 한국에 올 때마다 숙소를 제공해온 지인이 돌연 그를 받아들이지 않겠다며 그와의 관계를 끊어버린 것이다. 나는 왜 그러느냐며 지인에게 물었다. 매번 좁은 공간에서 그와 함께 기거하며 숙소를 제공했고, 그가 거주하던 나라까지 명상 수업을 함께하기 위해 찾아가기도 한 친구였으니 돌발적 상황이 나로서는 이해가 되지 않았다. 왜 그러느냐는 나의 거듭되는 질문에도 지인은 자세한 이야기를 하고 싶어 하지 않는 눈치였다. 그가 하는 말의 뉘앙스를 통해 짐작할 뿐, 나는 더 이상 캐묻기를 멈추었다. 즉답을 피하는 지인을 보며 나름대로 뭔가를 추측하는 동안 언젠가 읽은 번역서 한 권이 떠올랐다. 그 책은 흔히 깨달은 이, 또는 영적 스승이라 불리는 이들의 스캔들과 실망스러운 뒤 행적을 담은 책이었다. 말하자면 깨달은 이들의 표리부동한 삶을 열거해놓은 책이 바로 그것이다. 진정한 성자란 어떤 존재인가를 되묻게 하는 그 책이 그 순간 떠오른 것은 아마 그때 내 앞에 있던 지인이 바로 그 책을 번역한 당사자였기 때문일 것이다.

지인과 헤어진 뒤 나는 성자라고 여기던 그와 한 인터뷰를 다시 떠올려봤다. 그때 내가 한 질문 중엔 전생이나 환생에 대한 내용도 포함되어 있었다. 그러나 그것은 다시 태어나도 그 사람과 다시 살고 싶은가 같은 세속적 질문이 아니라, 당신은 정말 환생이란 것이 가능하다고 믿는가, 당신이 믿는 환생은 어떤 것인가 같은 질문이었다. 그러나 그는 환생에 대해 이야기하는 대신 죽지 않는 존재인 바바지 이야기를 시작했다. 환생 대신 불멸에 대한 이야기를 꺼낸 것이다. 그는 내게 바바지를 직접 만난 이야기를 들려줬다. 그의 말대로라면 바바지야말로 진정한 신선이었다. 죽음까지도 넘어선 성자가 바바지라는 것을 그는 자신의 경험을 통해 증명하고 싶어 했다. 그가 모든 음식을 끊고 오로지 우주의 에너지를 섭취하는 호흡식만으로 살아가게 된 것도 바바지와의 만남에서 비롯되었다는 사실을 그는 내게 알려준 것이었다.

바바지 이야기를 하며 환하게 미소 짓던 그의 표정이 떠오른다. 그것은 참으로 순수한 기쁨에서 우러나오는 미소였다. 그 미소를 떠올리는 순간, 나는 지인이 그에 대해 뭔가를 오해하고 있는 건 아닌가 하는 생각이 들었다. 그러나 지인은 단호했다. 뭔가 돌이키기 힘든 실망을 한 것이다. 지인의 실망은 혹시 성자에 대한 엄격한 자신의 기준 때문에 그런 것은 아닐까? 성자는 모든 것으로부터 초월한 존재여야 한다는 상식적 기준이 그에 대한 불신을 가져온 이유인 건 아닐까?

어쨌건 우리는 바바지 같은 사람을 실제로 만나본 적

이 없다. 3,000년을 살고 있다는 사람을 히말라야 산중이 아닌 복잡한 이 도심에서 어떻게 만날 수 있겠는가? 바바지 같은 존재가 있다는 사실 또한 상식의 잣대에서 보면 믿기 힘든 일이다. 그러나 상식이 또 다른 상식을 배반하는 일은 흔하다. 죽이고 싶을 정도로 미워서 프라이팬으로 상대의 머리통을 내리치면서도 함께 붙어 다니고 싶어 하는 프라이팬녀처럼 세상의 상식은 이율배반적일 때가 많다. 진실이 그러하듯 상식 또한 저마다의 기준이 다른 것이다.

삶에 대해 알아갈수록 우리는 자신이 모르는 것이 너무나 많다는 사실을 깨닫게 된다. 뭔가를 알수록 더 모르는 것이 많아지는 이 아이러니한 현실 또한 상식을 배반하는 일 중 하나일 것이다. 아마도 인간은 자신이 아무것도 모른다는 사실을 깨닫는 순간 세상과 하직할 날을 맞이할지도 모른다. 세상을 떠난 뒤 그 몸뚱이 그대로 다시 태어날 수 있는 사람이 어디 있겠는가. 설령 다시 태어난다 해도 그 사람은 이미 과거의 그 사람과 동일한 존재가 아니다. 다시 태어나면 누구하고 살고 싶으냐는 질문은 그래서 그만 헛소리가 될 뿐이다. 되지도 않을 헛소리를 해본들 삶에 도움 될 게 뭐 있겠는가.

우리는 누구도 다시 태어날 수 없다. 다시 태어난다 해도 나는 이미 과거의 그 모습이 아니다. 다시 태어나는 것보다 더 중요한 것은 지금 이 순간 진심을 다해 사는 것이다. 진심이란 과거와 현재, 그리고 미래를 이어주는 징검다리 같은 것이다. 세상을 사랑하는 일은 결국 세상에 진심을 다하는 일이다. 누군가를 사랑하는 일 또한 마찬가지이다. 다시 태어나서 같이 살기를 꿈꾸기보다 지금 이 순간 상대에게 진심을 다하는 것이 현실적이다. 행복이란 언제나 현재에 일어나는 일일 뿐 과거에 행복했다거나 다가오는 미래에 행복할 것이라는 회상과 기대는 결코 지금의 나를 만족시킬 수 없다. 지금 이 순간, 여기서 일어나는 사건만이 현실이다. 행복 또한 마찬가지여서 지금 행복한 것이 진짜 행복한 것이다. 행복이 그러하듯 사랑 또한 지금 일어나는 사랑만이 현실이다. 그러니 다시 태어나서 사랑할 생각 같은 건 접어두고 사랑하려면 지금 해야 한다.

침묵의 소리

예순여섯 번이나 내 눈은
바뀌는 가을 풍경을 지켜봤다.
달빛에 대해서도 충분히 말했으니
더 이상 내게 묻지 말라.

뛰어난 미모 때문에 산문山門에 들어오는 것을 허락받지 못하자 불에 달군 인두로 얼굴을 지진 뒤 출가했다는 수행자, 일본 에도시대의 비구니 스님 료넨了然이 마지막으로 썼다는 시의 한 구절이다. 예순여섯 번이나 가을 풍경을 봤다니 그녀는 아마도 60대 후반까진 이 세상에 있었던 모양이다. 어느새 나 역시 그녀가 저 시를 쓴 나이가 되도록 살았다. 짧지 않은 시간이다. 그러나 그 자리에

서서 돌아보면 길다고 할 수도 없는 시간이다.

나 또한 시에서 "오랫동안 살았지만 하루도 살지 못했다"라고 쓴 적이 있다. 오랫동안 살았지만 정작 깨어 있는 상태로 산 날은 얼마나 될까? 료넨은 어쩌면 단 하루라도 깨어 있는 상태로 살아야겠다는 생각 때문에 인두로 얼굴을 지지면서까지 출가한 것인지도 모른다.

깨어 있는 삶을 나는 '반응하지 않는 삶'이라고 풀이한다. 분노에, 질투에, 시기심에 반응하고 있는 한 우리는 깨어 있지 않다. 명예에, 권위에, 소유에 반응하는 한 우리는 잠들어 있다. 욕망에 반응하는 한 우리는 모두 그 속에 잠들어 있는 것이다. 얼굴을 씻고 옷을 갈아입으며 스스로 깨어 있는 줄 알고 살지만, 우리는 대부분 깊이 잠든 상태이다. 날마다 무대에 올라 연기를 하면서도 그것이 연기인 줄 모른 채 화내고, 질투하며, 끊임없이 뭔가를 얻거나 가지기 위해 열연熱演 중이다. 집착에 빠져 있는 동안 우리는 결코 깨어 있는 것이 아니다.

깨어 있는 사람은 깨달은 사람이고, 깨달은 사람은 깨어 있는 사람이다. 욕망 속에 잠들어 있는 사람이 어찌 깨달을 수 있겠는가. 깨달음이 왔을 때 나오는 반응엔 두 가지가 있다고 한다. 하나는 침묵 속으로 빠져드는 것이고, 하나는 갑자기 노래가 터져 나오는 것이 그것이다. 깨달은 순간 터져 나오는 노래를 오도송悟道頌이라 하니 어찌 보면 제대로 된 시는 모두 오도송이어야 마땅하다. 모든 시는 료넨처럼 얼굴을 지져서 입문하는 출가이며, 동시에 깨달음의 노래여야 하는 것이다. 참된 시인은 깨어 있는 존재이다.

잠들어 있는 상태에서 일어나는 깨달음이란 없다. 그것은 가짜 깨달음이며 가짜 시이다. 천지가 뒤바뀔 만큼의 깨달음이 아닐지라도 삶 속에서 우리는 순간순간 깨달음을 얻으며 살아간다. 설령 오늘 얻은 깨달음을 내일 잊어버린다 해도 자주자주 깨닫는 사람만이 깨어 있음을 연장할 수 있다. 범부의 시는 그렇듯 자주자주 깨달아야 하는 이들의 깨어남에 대한 탄식 같은 것이다. 시인 바이런은 베네치아 궁전과 감옥을 연결하는 다리에 '탄식의 다리'라는 이름을 붙였다. 다리를 건너 감옥으로 끌려가는 죄수가 살아서는 다시 베네치아의 아름다운 풍경을 볼 수 없을 것이라는 절망 끝에 탄식했다는 다리.

범부의 시 또한 감옥 같은 삶 앞에서 토해내는 탄식 같은 것이다. 그러나 온전히 깨어난 이들의 시는 탄식을 탄성歎聲으로 바꾼다. 수평적 탄식이 수직적 도약으로 바뀌면서 탄성을 낳는 것이다. 수평적 상태에서 돌출되던 미미한 의식의 움직임들이 돌연 단계를 뛰어넘어 수직 상승한다는 말이다. 각성 상태의 의식이 극적이고 역동적 변화를 겪는 것이다.

각성을 통해 변화된 언어는 파격을 낳는다. 그 파격을 일컬어 선禪은 불립문자不立文字니 직지인심直指人心이니 하고 부른다. 게리 스나이더나 앨런 긴즈버그 같은 미국의 시인에게 선을 가르치기도 한 스즈키 순류 선사는 "깨달음과 시간 약속을 할 수는 없다"는 말을 남겼다. 맞는 말이다. 언제 올지 모르는 깨달음과 어떻게 약속할 수 있겠는가? 오겠다고 미리 연락하고 오는 깨달음이란 없다. 그만하면 깨달을 때가 되었다며 찾아와주는 깨달음 또한 없다. 깨달음이란 사전에 예고하지 않으니 오도송 또한 예고가 있을 리 없다. 말이 끊긴 그 자리, 언어도단言語道斷의 그 세계에선 단지 짧은 감탄사를 토하거나 반사된 내면의 풍경만 슬쩍 비칠 뿐이다. 각성이 빠진 언어가 애당초 발붙일 곳 없는 세계가 바로 선의 세계이다.

그러나 각성이니 깨달음이니 하는 마음의 열림을 통해 진짜 언어야 할 것은 삶의 변화이다. 삶의 변화를 가져오지 않는 깨달음이란 그것이 아무리 강력하다 할지라도 일종의 특별한 경험일 뿐 지속되지 않는다. 시 또한 이와 다르지 않다. 수많은 문학상을 휩쓸며 다 받았다 해도 그것이 독자의 삶이나 시인 자신의 삶을 바꾸어놓을 수 없는 것이라면 에고를 만족시키는 아첨일 뿐 좋은 시가 아니다.

시에서의 치유 또한 각성으로부터 일어난다. 시인 윌리엄 블레이크는 "인식의 문이 깨끗해지면 모든 것이 한계가 없는 본래의 모습을 드러낼 것"이라는 말을 남겼다. 한계가 없는 본래의 모습이란 불가佛家에서 본래면목本來面目이라 이르는 존재의 순수한 본성을 가리키는 말이다.

인식의 문이 청정할 때 드러나는 그 한계 없는 상태와 조우하는 순간, 에고는 치유를 경험한다. 스스로 자기라고 믿고 있던 존재가 사실은 진정한 자기가 아니라, 에고가 만들어낸 하나의 생각에 불과한 것이라는 각성이 자유와 해방을 경험하게 하는 것이다. 스스로 노예라고 믿고 있던 현실이 사실은 현실이 아니라 착각이었다는 것을 알았으니 어찌 자유롭지 않을 수 있겠는가. 노예인 줄 알았는데 노예가 아닌 것이다. 생각에 묶여 있던 사슬로부터 풀려난 의식은 에고라는 소우주를 벗어나 광활한 대우주와 공명한다. 그것은 일종의 커다란 파동과 같아서 넓고 깊은 동심원을 그린다. 시에서 일어나는 치유란 그 동심원의 자장磁場 속에 쓰는 이와 읽는 이가 함께 공명하며 얻는 해방 상태를 뜻한다.

향기와
색깔

색에 대해 남다른 안목을 가졌던 프랑스의 역사학자 미셸 파스투로는 소설에 등장하는 인물을 통해 '미테랑 베이지'라는 컬러를 처음 알게 된다. 소설을 쓴 프랑스 작가 프레데릭 다르가 자신이 작품 속에 창조해낸 인물이 입고 있는 레인코트 색깔을 '미테랑 베이지'라 표현한 것이다. 프레데릭 다르가 그 당시 프랑스 대통령인 미테랑을 가차 없이 비판했던 작가인 걸 감안하면 아마도 그가 소설을 통해 창조해낸 '미테랑 베이지'는 썩 호감을 주는 컬러는 아닐 것 같다. 어중간하고 칙칙한 베이지를 그는 조금은 모멸감 섞인 느낌으로 '미테랑 베이지'라고 불렀던 건 아닐까?

프레데릭 다르가 베이지색을 보며 미테랑을 연상했듯 나 또한 무엇인가를 매개로 누군가를 떠올릴 때가 많다.

물론 미테랑처럼 불편한 감정을 가진 대상을 떠올리는 것은 아니다. 나이가 들며 불편한 대상은 마음 구석 어딘가로 슬며시 밀어내거나 지워버리며 그쪽으로 주의가 가지 않도록 애쓴다. 물불을 가리지 않고 무엇인가를 찬탄하거나 비판하는 나이에서 양극으로 치우치는 감정을 적절히 조절하는 나이가 된 것이다. 부정적인 감정에다 물을 주며 그 부피를 키우는 일을 더 이상 하지 않는 연륜이 되면 세상의 긍정적인 면이 조금 더 확대되어 보인다.

부정적인 감정은 우리의 주의注意를 먹고 산다. 그것은 관심을 받고 싶어 하는 문제아와 같아서 주의를 집중하며 골몰하는 동안 점점 덩치가 커져 조절할 수 없는 괴물이 된다. 그러나 산전수전 다 겪은 연륜에 다다르면 부정적인 감정에 대한 집중도는 떨어지고, 불편한 대상보다 따뜻하고 편안한 대상을 떠올려 삶의 행복을 느끼고 싶어진다. 인생이라는 험한 다리를 건너기엔 적보다 친구를 많이 만드는 것이 이로운 것이다.

프레데릭 다르가 칙칙한 베이지를 보며 미테랑을 떠올리듯 사람에겐 저마다 고유한 컬러와 상징이 있다. 물론 무색무취한 사람이 없는 것은 아니다. 그러나 무색도 색이며 무취도 냄새라는 것이 그림을 그리고 색깔에 대해 고심하는 동안 내가 얻은 결론이다. 그러한 상징은 색깔만이 아니다. 음악일 때도 있고, 냄새일 때도 있으며 막연하고 몽롱한 어떤 분위기일 때도 있다. 이름과 함께 붙어다니는 그것은 아마 그 사람이 가지고 있는 오라aura와 연계되어 있을 것이다. 매화 향기가 나는 사람(악취가 나는 사람은 떠올리지도 말자), 투명한 블루 같은 사람, 또는 쇼팽의 발라드 같은 사람…… 이런 식으로 내 기억은 누군가를 저장하고 불러오는 일에 감성을 사용한다.

오랜 세월이 지났지만 재스민 향기로 기억되는 사람이 있다. 그녀를 떠올리면 봄날의 노란 꽃과, 때 이른 함박눈이 쏟아지는 산비탈 위로 보석같이 빨간 열매를 매달고 서 있는 산수유나무 한 그루가 떠오른다. 그녀 탓에 한동안 별다른 향기가 없는 산수유 꽃에서 재스민 비슷한 향기가 난다는 오해를 안고 살아오기도 했다. 향기가 없어도 열매를 매달아 세상에 헌신하는 산수유 입장에선 그런 오해가 억울한 일일지도 모르겠다. 그러나 왜 재스민 향기로 그녀를 기억하는지는 아무리 생각해도 근거를 찾을 수가 없다. 반면에 산수유를 통해 그녀를 떠올리는 것엔 분명한 근거가 있다. 처음이자 마지막으로 그녀는 내게 편지를 보내온 적이 있는데, 그 편지의 내용이 단 한 줄, "산수유가 피고 있습니다"였던 것이다.

정말이지 지금은 이름조차 생각나지 않는 사람이다. 성당에 가게 되면 불러달라고 하던 그녀의 가톨릭 세례명만 기억에 남아 있을 뿐. 향기도 없는 산수유 꽃에 향기가 난다고 나를 착각 속으로 몰아넣은 그녀는 그러나 그 편지를 끝으로 다시 만날 수 없었다. 뒤늦은 나이로 입대하는 바람에 소식이 끊긴 탓도 있겠지만, 그렇게 한 장의 편지로 그녀는 짧은 만남에 이별을 고하며 내게 자신의 결혼 소식을 암시하려 했던 것인지도 모를 일이다. 그러나 그 모든 것은 짐작일 뿐 휴대폰도 인터넷도 없던 그 시절, 연락을 끊은 그녀를 찾아낼 방법은 내게 없었다.

한편으로는 기어코 그녀를 찾지 않았던 이유가 연상이었던 그녀에 대한 내 감정이 '불타는 사랑' 같은 것과는 거리가 있는 그저 '좋은 느낌'이었기 때문인지도 모를 일이다. 그러고 보니 그런 '좋은 느낌'이 주는 적당한 간격이 그녀가 오래 향기로 기억되는 이유일 수도 있겠다. 사람의 마음이란 변하기가 쉬워서 미운 정, 고운 정 다 겪은 사람에게 은은해서 날아가기 쉬운 향기를 느끼기란 쉽지 않은 까닭이다. 그러나 "산수유가 피고 있습니다"라는 그녀의 그 짧은 문장은 내 가슴 어딘가에 박혀 있어 어느 날 문득 나는 그 시절, 그녀에 대한 향수를 한 편의 시로 옮기는 일에 몰두했다.

겨울이 가고 또 봄이 오나 봅니다.
그때 우리는 탱자꽃 하얗게 피던 시골길을
걷고 있었습니다.
먼지 날리며 버스가 지나가고
조금만 더 다가서면 온몸 드러낼 것 같은
연둣빛 강을 따라 당신과 나는
그림 같은 길 위를 걸어가고 있었지요.
분가루같이 곱게 먼지가 내려앉은
당신의 구두 위로 나는 손가락으로
글씨 하나를 써보기도 했습니다.
그날 우리는 결국 강을 찾지 못했습니다.
강이 있던 방향과는 정반대편을 향해 내가
당신을 안내했으니까요.
당신의 마음속에
강보다 더 큰 흐름을 만들고 싶어 했던
내 소망은 그러나 성공하지 못했습니다.

그날 이후 다시는 당신을 볼 수 없었고
당신은 다만 단 한 번 내게
편지를 보낸 적이 있습니다.
'산수유가 피고 있습니다.'
세월이 가도 사랑은 그렇게 가슴에
따뜻한 그림 하나 남기는가 봅니다.

_김재진, 〈산수유가 피고 있습니다〉 중에서

그러나 산수유를 보거나 재스민 향기를 통해 떠올리는 그녀에 대한 내 기억 또한 세월의 왜곡에 의해 변형되어 있을 것이다. 그녀가 그 시절 단아한 그 모습 그대로 머물러 있을 리도 없겠지만 그녀가 보낸 단 한 줄의 그 편지 또한 지금 다시 받는다면 그토록 내 가슴에 오래 남을 내용이 되지 못했을지도 모를 일이다. 무정한 세월은 아마 그녀와 나를 그때와는 전혀 다른 색깔과 냄새로 변화시켜 놓았을 것이다. 하지만 아무리 세월이 흐른다 해도 여전히 우리는 향기로운 사람을 좋아하고, 밝고 맑은 빛깔을 가진 영혼에게 끌린다. 설령 지금보다 더 세월이 흘러 지구라는 이 초록별을 떠난다 해도 기분 나쁜 냄새를 풍기거나 무색무취한 사람으로 기억되기보다 향기 있는 사람으로 남고 싶다는 바람은 누구에게나 있지 않을까.

혼탁한 세상의 소음과 냄새 속에서 나는 어떤 소리를 내며, 어떤 향기를 품고 살아왔는지 끊임없이 되뇌며 기우는 시간 위로 물음표 하나 찍는다. 보이지 않지만 당신의 영혼, 당신의 오라는 어떤 색깔과 향기를 가지고 있는가? 프레데릭 다르가 묘사한 칙칙한 베이지가 아닌 어떤 투명함으로 당신은 세상을 환하게 만드는 존재로 기억될 수 있겠는가? 어떤 빛깔과 향기로 우리는 자신의 인생을 따뜻하고 밝은 모습으로 남아 있게 할 것인가?

그림자
행복

가르침을 얻기 위해 찾아온 제자에게 차를 따라주던 스승은 잔이 넘치는 걸 알면서도 기울인 주전자를 바로 세우지 않는다. 차는 넘쳐서 흐르고, 참다못한 제자가 스승에게 말한다. "차가 넘쳐서 탁자가 다 젖습니다." 무심한 표정으로 스승은 대답한다. "그대의 머리가 이와 같다네. 지식이 너무 많아 넘쳐서 흐르지."

우리 삶도 그런 것은 아닐까? 뭔가가 넘쳐서 탁자를 적시건만 넘치는 줄도 모르고 자꾸 채우고 있는 것은 아닐까? 뭔가를 성취하고, 뭔가를 가지기 위해 움직이는 삶은 언제나 불안과 함께한다. 끊임없는 내면의 불안이 삶을 무겁게 하지만, 머리를 가득 채운 지식에 눌려 우리는 그것으로부터 벗어나지 못한다. 시인 루미는 "모든 움직임은 움직이는 자로부터 나온다. 모든 갈망은 우리를 바다로 끌어들인다"라고 노래했다.

행복하길 원하지만 우리 움직임은 행복과는 다른 궤도를 향하고 있다. 그것이 움직이는 방향은 행복의 바다가 아니라 욕망의 바다 쪽이다. 행복하길 원하면서도 우리는 그것을 단지 구하고, 얻고, 가지려고 할 뿐 행복을 창조할 줄 모른다. 행복은 어딘가 숨어 있어 찾아야 하는 어떤 것이 아니라, 스스로 만들어내는 마음의 상태와 같다. 흔히 하는 비유로 그것은 컵에 똑같은 양의 물이 남아 있는데 한 사람은 "반밖에 안 남았네"라고 하고, 다른 한 사람은 "반이나 남았네"라고 말하는 것과 마찬가지이다. 같은 상황을 어떻게 받아들이는지 마음의 상태에 따라 만족과 결핍이 나뉜다는 말이다.

지금 여기 있는 어떤 것이 아니라, 어디에 있는지 모르는 어떤 것이라 믿는 한 행복은 잡을 수 없는 그림자 같은 것이다. 스스로 행복을 만들어낼 생각은 하지 않고 그것을 어딘가에서 찾거나 구해야 하는 것이라 믿는 한 행복은 영원히 그림자로 남는다. 이때 만들어낸다는 말은 스스로 마음의 상태를 바꾸고 조절하는 힘을 이른다. 마음의 상태를 조절하는 힘을 혹자는 마음의 근육을 키우는 일이라 부르기도 하지만, 스스로 마음을 조절해 행복한 상태를 만드는 훈련을 하지 않는 한 행복은 아무리 잡으려 해도 그림자같이 잡히지 않을 뿐이다.

행복을 구하거나 찾아야 하는 것이라 믿는 한 행복의 본질은 왜곡되고 변질된다. "돈이 많으면 행복할 것이다. 명예가 높으면 행복할 것이다. 권력을 거머쥐면 행복할 것이다"라고 마음에 거는 주문이 바로 왜곡의 구호이다. 그러나 행복을 불러오기 위한 이런 구호는 그림자 행복을 부르는 주술일 뿐 진정한 행복이 아니다. 살아가면서 만난 돈 많은 사람들, 명예를 가진 사람들, 권력 있는 사람들이 행복의 모델일 수 있는지 돌아보면 결코 그렇다는 말을 할 수가 없다. 그들은 진정 행복한 사람이 아니다. 그들이 주술을 통해 취한 부나 명예, 권력 같은 것은 그림자 행복을 불러오는 한시적 도구일 뿐, 그들의 내면세계는 여전히 결핍되고 불안하다. 갈망과 결핍의 고리 속에 갇힌 채 겉모습만 행복할 뿐 끝없이 제자리를 맴돌고 있는 것이다.

찻잔이 넘치건만 멈추지 않고 찻물을 붓는 스승처럼 인생은 우리에게 뭔가를 가르치기 위해 넘치는 결핍을 선사한다. 그러나 살아 있는 것만으로도 얼마나 큰 충만인가. 돌이켜보면 우리는 이미 많은 것을 가지고 있다. 부어도 부어도 갈증을 느끼는 찻잔처럼 끝없는 결핍에 시달리는 마음을 멈출 수만 있다면 얼마나 많은 것을 가지고 있는지 알아차릴 수 있다. 욕망에 등 떠밀려 어딘가로 끊임없이 달려가는 마음을 멈출 때 우리는 삶의 가르침을 완성할 수 있다. 나 자신이 큰 병을 얻어 병상에 누웠거나 가족 중 누군가가 사경을 헤맨다고 가정해보라. 걸어 다닐 수 있다는 것만으로도 얼마나 큰 축복이며, 숨쉬고 있다는 것만으로도 얼마나 큰 행복인가. 행복이란 지금 이 순간 지어내는 마음의 상태에 의해 결정되는 내 고유의 창조물이지, 마음 밖에 존재하는 물질적 가치가 아니다. "다른 사람을 행복하게 할 일을 더 많이 생각할수록 우리는 더 행복해진다." 달라이라마가 했던 행복에 대한 말씀 중 가장 공감이 가는 명언이다.

개꿈과 신데렐라

하룻밤 사이 꿈을 세 번이나 꿀 때도 있다. 폰의 메모 창을 열고 개꿈을 세 차례나 꿨다고 적는다. 꿈의 내용을 적는 것은 아니다. 그냥 개꿈을 꿨다고 적어놓는 것이다. 적는 동안 꿈의 내용을 잊고 싶었던 것인지도 모른다. 불온한 꿈은 다 개꿈이라고 스스로 꿈의 가치를 평가절하한다.

개꿈은 실현되지 않는 꿈이다. 개꿈은 중심으로부터 밀려나 변두리를 떠도는 꿈이다. 그러고 보니 말이야 서울에 산다고 하지만, 나는 여전히 변두리만 맴돌 뿐 서울에 입성하지 못했다. 여전히 주민등록지가 서울이 아닌 것이다. 25년째 사는 여기가 이제 고향 같다. 그러나 어떤 일은 중심보다 변두리에 진실이 있는 경우도 있다. 가치 없는 것이라 밀어놓은 것들이 사실은 가치 없는 것이 아니라 쓸 만한 것이라는 말이다. 그래서 나는 중앙이 아닌 이 변두리가 좋다. 변두리에서 계속 개꿈을 꾸며 살 것이다. 개꿈이 로또가 된 경우도 없지는 않다.

전설적 지휘자 아르투로 토스카니니는 단원 간 분쟁으로 지휘자가 떠난 오케스트라의 지휘봉을 잡으며 졸지에 변두리에서 중심으로 발돋움했다. 같은 오케스트라의 첼로 연주자이던 그를 변두리라 말하는 건 어쩌면 타당하지 않을지도 모른다. 그러나 누군가의 지휘를 받는 수동적인 플레이어에서 스스로 지휘하며 거대한 오케스트라를 이끄는 주도적 위치로 높아졌으니 변두리에서 중심이 되었다는 표현이 과장이라고 할 수만은 없다. 근시가 심해 통째로 악보를 외워 연주해야 했던 악조건 속에서 '20세기 최고의 지휘자' '불멸의 지휘자'라는 명성을 얻은 그는 어쨌건 개꿈을 로또로 바꿔버린 행운아이다. 그러나 살아 있던 당대에 화려한 조명을 받은 토스카니니와 달리 화가 고흐의 경우는 개꿈도 꾸지 못할 열악한 환경에서 스스로 목숨을 끊은 변두리 비극의 전형이다. 그의 그림과 극적인 그의 삶을 좋아하지만, 고흐처럼 되고 싶진 않다. 좋아하는 것과 되고 싶은 것은 다른 것이다.

고흐는 토스카니니와 달리 자신이 살던 당대엔 철저히

소외된 사람이다. 아마도 그는 개꿈조차 꾼 일이 없을 것이다. 화랑의 수습사원이나 서점의 점원 같은 일로 생계를 이어가던 고흐가 화가가 되기로 결심한 것은 그의 나이 26세 때이다. 그는 10년 정도의 짧은 화가 생활 동안 모두 879점이라는 적지 않은 작품을 세상에 남겼다. 하지만 생전에 팔린 작품은 〈붉은 포도밭〉이라는 제목의 그림 단 한 점뿐이다. 고흐 자신도 그림을 파는 문제에 대해 이렇게 말했다. "현재로선 내 그림이 팔릴 가능성이란 거의 희박하다."(《반 고흐, 영혼의 편지 2》, 209쪽) 자신의 그림이 팔릴 가능성은 희박하다고 진단했을 만큼 그는 아예 그쪽으로는 꿈조차 꾸지 않았을 것이다. 스스로 자신의 그림에 대해 내린 그런 평가는 정확했다. 실제로 그의 그림은 팔리지 않았으니까. 그러나 그가 자신의 그림을 당대가 아닌 미래의 시제로 예측했더라면 그 진단은 터무니없는 것이 되고 만다. 세상 사람들이 알다시피 후대에 와서 그의 그림은 그 어떤 금은보화와도 비교할 수 없을 만큼 크나큰 가치를 얻고 있으니 말이다.

사람 팔자도 그렇지만 그림 팔자 또한 알 수가 없다. 피카소 같은 사람이야 팔자가 좋아 당대에 명예와 부를 누렸지만, 고흐나 모딜리아니 같은 경우는 불우한 삶을 살다 비극적 최후를 마쳤으니 팔자가 사납다고 할 수밖에 없다. 그러나 고흐나 모딜리아니도 그림의 팔자는 다르다. 사람이야 당대로 끝나지만 그림엔 당대보다 더 긴 후대가 있기 때문이다. "인생은 짧고 예술은 길다"는 케케묵은 명언은 이런 때 적용되는 것인지, 그들의 그림은 후대에 와서 팔자가 폈다. 그러나 작가가 떠난 뒤 작품만 살아남아 명성을 얻고 가치를 인정받는다 한들 그게 작가한테 무슨 소용인가. 내가 가고 없는데 내 그림이 남아 영화를 누린들 그게 나와 무슨 상관인가. 나는 당대에 팔자 좋은 사람이길 원하지 나 없는 세상에서 그림만 팔자 좋길 원하지 않는다.

피카소야 능력이 있어서 그렇다 하더라도 능력이 있는 것도 아닌데 팔자가 좋아 당대에 성공한 사람도 찾아보면 부지기수이다. 뭔가 성공한 이유가 있겠지 추측하지만 그런 이유가 없는 사람도 팔자 하나로 성공한 예는 적지 않다. 무엇이 성공인지 그 정의에 대해서는 나 또한 할 말이 많지만, 개꿈이 이루어지는 일 또한 성공의 한 유형이라 가정한다면, 팔자가 좋아 성공을 거머쥔 예는 내 주변에도 있다. 그것이 성공인진 모르겠지만, 20년 만에 만난 직장 후배에게 전해 들은 또 다른 후배(부하 직원)의 드라마 같은 스토리도 그런 경우 중 하나로 꼽을 수 있겠다.

그녀에 대한 기억은 "외국에 나가서 살지 구차하게 한국에서 살지 않겠다"는 말을 하고 다녔다는 것밖에 뚜렷하게 남은 것이 없다. 좀 당돌하다거나 튄다고 생각했을 뿐 특별히 가까웠던 적이 없는 나까지 기억하고 있는 일이니 친밀하게 지낸 사람들이야 그녀의 개꿈을 모를 리 없을 것이다. 그랬던 그녀가 정말 외국인과 결혼해 외국에 살고 있다는 소식을 듣곤 놀랐다. 물론 그녀의 개꿈이 이루어졌다는 것에 놀란 건 아니다. 외국에 산다는 것 정도야 이미 관심을 끌 만한 화제가 아니지 않은가. 그것보다 "그래? 그게 정말이야?" 하고 나를 놀라게 한 것은 그녀가 한국에 올 때마다 전용기를 이용한다는 사실이었다. 전용기를 타고 온 그녀가 옛날 직장을 찾아가 한때의 동료들에게 "안녕" 하고 손을 흔들며 귀부인처럼 인사하는 모습이 마치 영화의 한 장면처럼 떠올랐다. 더 자세한 내막은 알 수 없지만, 어쨌건 전용기 하나만으로도 그녀의 스토리는 내게 신데렐라 이야기로 다가왔다. 대단한 미인이겠지 하는 사람도 있겠지만, 외모로 따지자면 그녀는 결코 신데렐라 쪽은 아니다. 잘생긴 쪽과 못생긴 쪽을 저울에 올려놓고 달아본다면 아마도 못생긴 쪽으로 저울추가 기울 것이다. 결코 미모 같은 것으로 행운을 거머쥔 신데렐라형이 아니라는 말이다. 그렇다고 그 당시의 그녀에게서 남들이 갖고 있지 못한 뛰어난 능력 같은 것을 발견했냐 하면 그런 기억도 없다. 그러니 오로지 팔자 덕일 가능성이 크다. 팔자도 실력이라고 들이대면 할 말은 없다. 맞다, 팔자도 실력이다. 운7기3이 아니라 요즘 세상은 운9기1인 것 같다. 부모만 잘 만나면 타워팰리스도 내 것이다.

팔자가 아니라면 그녀의 전세기는 어쩌면 말의 힘 때문인지도 모르겠다. 원하는 뭔가를 이루기 위해서는 먼저 원하는 것이 이루어지도록 뜻을 품어야 하고, 그다음엔 품은 그 뜻을 우주가 알도록 선포해야 하는 법이다. 무슨 뜻을 품고 있는지 우주가 알아야 그 뜻대로 움직여 줄 수 있는 것 아니겠는가. 외국에 가서 살겠다는 자신의 뜻을 만나는 사람마다 되뇌고 다녔으니 우주가 그 뜻대로 움직여준 것이라는 게 그녀의 신데렐라 사건에 대한 나의 억지 섞인 추측이다. 직장을 떠난 이후 나는 그녀가 어떤 노력을 했고, 어떤 인생 역정을 겪었는지 관심도 없었고 알지도 못한다. 하지만 한 가지 분명히 깨달은 게 있다. 사람 팔자는 정말 알 수 없다는 것이다.

만약 고흐가 살던 시절 그를 알고 있던 사람이 생존해 지금 고흐의 그림 가격을 알게 된다면 아마 내가 그녀의 이야기를 듣고 놀란 것 이상으로 놀라지 않을까. "아니, 자신의 귀나 자르던 그 괴상한 사람의 그림이 이렇게 높은 가격에 거래되다니 정말 그림 팔자란 알 수가 없네요" 하면서 말이다. 정말 사람 팔자나 그림 팔자나 알 수 없긴 마찬가지이다. 팔자 이야기가 나왔으니 하는 말이지만 팔려 나간 그림이 다시 돌아오는 경우도 있다. 그림 팔자가 그런 것인지 모르겠지만 1년이 넘도록 떠났다가 다시 돌아온 그림 앞에서 나는 이 상황을 어떻게 받아들여야 할지 얼른 감을 잡을 수 없었다.

"볼 만큼 봤으니 이제 더 많은 사람이 볼 수 있도록 주인에게 그림을 돌려주고 싶었어요." 그림을 가져온 이가 내세운 이유는 그거였다. "내가 그리긴 했지만 이 그림의 주인은 이제 내가 아닌데"라며 머뭇거리는 나에게 그는 다시 한번 "나는 이제 충분히 감상했으니 그림이 있을 자리는 여기라는 생각이 들어요. 원래의 주인이 있는 곳이 있을 자리라고 생각해요"라고 말했다. 그러나 이미 내 손을 떠난 그림의 주인이 나라는 말은 맞는 얘기가 아니다.

물론 사람이나 그림이나 처음부터 정해진 주인이 있는 것은 아니다. 진실로 그 대상을 사랑하는 사람이 주인일 뿐, 소유한다고 해서 영혼이 깃든 물건의 주인이 되는 것은 아니다. 그러나 모든 것의 가치를 화폐로 교환하는 자본주의의 이치가 어디 그런가.

만류에도 불구하고 그림을 놓고 가는 그에게 나는 "그러면 그림값이 1억 원쯤 될 때까지 여기 걸어뒀다가 그때 다시 가져가도록 해요"라고 말했다. 많은 사람이 보는 곳에 그림을 전시해놓는 게 좋겠다는 그의 뜻을 기어코 꺾어야 할 이유도 궁색했지만, 한번 팔았던 작품을 도로 받는 게 영 어색해 나는 그렇게 1억 원이라는 개꿈을 그와 함께 품어본 것이다. "좋아요, 그건" 하며 미소 짓는 상대를 보낸 뒤 나는 메모 창을 열고 '개꿈 1억'이라고 적어 넣었다. 사무실 벽에 걸린 저 그림이 언제 1억 원이 될지 알 수 없지만, 당대에 이루어지지 않는 꿈이 개꿈인 건 맞는 말이다. 개꿈은 언제나 불온한 망상이지만 가끔은 팔자 좋은 신데렐라가 나타나 불온함을 놀라움으로 바꾸어놓기도 한다. 드물지만 인생엔 예상치 못한 반전도 있는 것이다.

사람의 번호

누군가를 처음 만나는 순간 가장 먼저 하는 일이 뭘까? 악수라고? 아니다. 그 사람에 대한 평가이다. 악수를 하면서도 그보다 먼저 우리는 그 사람을 평가한다. 괜찮네, 똑똑해 보이는데 하면서.

물론 평가 종류는 그 밖에도 많다. 잘난 척하네, 돈 좀 있겠는데, 아니야 거지 같아, 말은 그럴듯하게 하지만 사기꾼 같네, 차갑게 느껴지지만 속은 따뜻한 사람이야 등등.

마치 물건에 꼬리표를 붙이듯 사람에게도 그렇게 꼬리표를 달며 우리는 누군가를 만난다. 이때의 꼬리표는 그 대상에 대한 일종의 평가서 같은 것이다. 거기에는 은근히 상품, 중품, 하품 식의 평가가 내재되어 있기 쉽다. 그런데 언젠가부터 나는 꼬리표 대신 사람을 번호로 분류하는 버릇이 생겼다. 이 사람 3번 같군, 하는 짓을 보니 8번이 틀림없네, 아니 8번이 아니라 1번일지도 몰라 하며.

이건 꼬리표와는 좀 다르다. 나쁘다 좋다, 잘한다 못한다, 상품이다 하품이다 하는 식으로 가치에 대한 판단을 하는 것이 평가라면, 내가 사용하는 번호는 가치중립적이다. 대상이 어떤 가치를 지니고 있는지에 대한 판단이 숨어 있지 않은 것이다. 이는 인간의 성격 유형을 모두 아홉 가지로 분류해놓고 그 아홉 가지 유형의 특징이나 성격의 함정 같은 걸 분석하는 프로그램인 에니어그램Enneagram에서 배운 것이다. 사람을 번호로 분류하는 습관은 그렇게 에니어그램을 공부하고 나서부터 생겼다.

에니어그램식 분류에 따라 주변 사람들의 성격을 번호로 특정해보는 것은 흥미로운 일이다. 직접 아는 사람이 아니라도 사회적으로 저명한 인물의 성격 번호를 특정해보는 것 역시 재미있다. 저명한 인물 중 특히 정치가의 경우, 대중 앞에 드러나는 모습과 원래의 모습은 같을 수가 없다. 늘 인격적으로 보이거나 인간적으로 보이려 하지만, 오랜 시간 대중을 속여온 사람들은 시간의 흐름에 따라 숨어 있던 모습이 조금씩 수면 위로 나타나며 결국 원래의 얼굴이 드러나게 된다.

그들의 말과 행동을 분석한 뒤 거기에 에니어그램의 번호를 붙여보면 앞으로 그들이 무슨 짓을 벌이고 어떻게 나아갈지 예측할 수 있다. 에니어그램이 분류한 아홉 가지 유형은 각각 장점과 단점, 성격적인 함정과 성숙도, 위기에 빠질 때 잘 취하는 태도 등을 다양한 형태로 분석해놓았기 때문이다.

정치인의 경우 사회적으로 성공한 것처럼 보이지만 인격적으로 미성숙하고, 내뱉는 말과 행동이 불일치할 때가 많다. 그런 이유로 그가 어떤 성격 유형에 속하는지 알아맞히기란 그다지 어렵지 않다. 몇 번 유형인지 알아맞히기 힘든 것은 오히려 인격적으로, 그리고 인간적으로 성숙한 사람들이다. 그들은 아홉 가지 성격 유형의 좋은 점을 두루 가지고 있어 이 번호 유형인가 싶으면 저 번호 유형의 좋은 점이 보이고, 저 번호인가 싶으면 이번엔 또 다른 유형의 장점이 보이니 꼭 집어 몇 번인지 알아내기 힘들다. 그들의 이런 원만한 모습은 아마도 세찬 물살에 씻겨 둥글어진 강가의 조약돌과 같은 이치일 것이다.

에니어그램에 관한 책을 읽다 보면 우리가 성인 또는 성자라고 부르는 인류의 스승들이 몇 번 유형인지 분석해놓은 글도 있다. 가령 석가모니 붓다 같은 경우 5번, 마더 테레사 같은 분은 2번, 이런 식이다. 붓다를 5번으로 분류한 것은 아마 붓다가 설파한 경전의 논리적이고 형이상학적인 내용 때문에 그렇게 유추했을 것이라 짐작한다. 성숙한 5번 유형은 매우 객관적이고 분석적인 사람이기 때문이다. 그러나 이는 붓다가 보여준 모습의 일부분에 지나지 않는다. 5번 유형의 장점만으로 붓다를 5번이라 판단하기엔 그가 지닌 정신적·인격적 스펙트럼이 너무나 넓고 크기 때문이다. 그가 중도中道에 대해 설파한 가르침만 해도 그렇다. 거기엔 직관적인 4번과 원만한 9번 그러면서도 분석적인 5번의 특징이 두루 보인다.

중도와 관련해 붓다는 거문고 줄에 대한 비유로 가르침을 펴는데, 경전의 번역이 거문고로 되어 있을 뿐이지 사실 그 시대 인도에 우리 악기인 거문고가 있을 리 만무하다. 차라리 인도의 전통악기 시타르를 예로 드는 것이 더 적합하지 않을까 하는 생각을 하며 중도에 대한 이 유명한 비유를 옮긴다.

부잣집 아들로 태어나 수행의 어려움 때문에 출가 생활을 포기하려는 제자에게 붓다는 나태에 빠져 게으름을 피우는 한쪽 극과, 지나치게 수행에 매달려 몸을 괴롭히는 고행의 다른 쪽 극 둘 다 올바른 수행이 아니라며 현악기의 줄에 대한 비유로 가르침을 편다.

수행을 하기엔 자신이 부족한 게 너무 많다며 차라리 집으로 돌아가겠다는 제자에게 붓다가 질문한다. "시타르가 아름다운 소리를 내기 위해서는 그 현을 매우 조여야 하느냐, 그렇지 않으면 느슨하게 풀어야 하느냐?" 제자가 대답한다. "너무 조여서도 안 되고 너무 풀어서도 안 됩니다." 제자의 대답을 들은 붓다가 다시 말한다. "바로 그런 것이다. 수행도 시타르의 줄과 마찬가지라서 너무 조이면 끊기고, 너무 풀어지면 소리가 나지 않는다. 아름다운 소리는 너무 조이지도 너무 풀지도 않은 상태에서 얻을 수 있듯 수행 또한 양극단에 치우치지 않는 중도의 상태에 아름다움이 있다."

모든 것의 이치가 그러해서 너무 모자라거나 너무 지나치면 아름다운 결과를 얻을 수 없다. 에니어그램에서 말하는 인간의 성격 유형 또한 마찬가지이다. 에니어그램은 각각의 성격이 빠지기 쉬운 함정을 이야기한다. 그 함정에 빠지지 않는 것이 성격이라는 굴레에서 벗어나는 길이다. 양극단에 치우친 성격은 너무 조이거나 아니면 너무 느슨한 시타르의 줄과 같다. 어중간한 중간이나 양

쪽의 가치를 반쯤씩 받아들이는 중립이 아닌, 중도란 잘 조율된 현악기처럼 아름다운 소리를 내는 삶의 태도와 방식을 가리키는 말이다. 그런 중도를 터득한 이는 어떤 유형에도 속하지 않는다. 그에게는 어떤 번호도 붙일 수 없다. 에니어그램의 성격 유형을 이야기하다 보면 어떤 이는 말한다. "인간의 성격 유형이 아홉 가지밖에 안 된다니 그건 너무 적어요. 정해진 틀 속에 가둬놓고 번호를 매기기엔 의외의 인물이 너무나 많아요." 틀린 말이 아니다. 어찌 인간이라는 복잡하고, 섬세하고, 다양하고, 변화무쌍한 물건을 아홉 가지 라벨로 다 규정지을 수 있겠는가. 에니어그램의 그물은 결국 에고에 대한 그물이지 에고를 벗어나 완성된 인격을 포획할 수는 없다. 그러나 변화무쌍하고 다양해 보이지만 인간의 욕망은 대동소이하며, 에니어그램이 분류한 아홉 가지로부터 크게 벗어나지도 않는다. 내가 몇 번인지, 그리고 당신이 몇 번인지 오늘도 나는 만나는 사람마다 번호를 붙인다. 나는 4번 유형의 별난 성격이다.

봄의 용서

새 여름, 새 가을, 새 겨울이란 말은 쓰지 않는다. 유독 봄만 새봄이라고 부르는 이유는 무엇일까? 새 여름, 새 가을, 새 겨울이란 말을 써놓고 보니 새롭다는 느낌보다 날아가는 새들의 여름과 가을, 겨울을 말하는 것 같다. 새봄, 명자꽃이 빨갛게 봉오리를 맺고, 키 낮은 나무 위로 몰려가며 내려앉는 참새들을 보면 마음은 벌써 가벼워져 하늘을 난다.

공처럼 튀어 다니며 먹이를 찾는 참새 같은 텃새는 한곳에서 산다. 명자나무에서 산수유나무로, 산수유나무에서 보리똥나무로 옮겨 다니지만 참새는 멀리 가는 여행을 좋아하는 새가 아니다. 사람도 여행을 그다지 좋아하지 않는 이가 있듯 새도 그렇다. 그에 비해 철새는 생활 자체가 여행이다. 이익에 따라 이쪽과 저쪽을 넘나드는 철새 정치인이야 손가락질받아 마땅하지만, 겨울을 나기 위해 이 땅에 오는 두루미나 백조 같은 철새는 각별한 사랑을 받는다. 겨울철 팔당이나 양수리에 가면 볼 수 있는 백조 군락에서 차이콥스키의 발레 음악 〈백조의 호수〉를 떠올린다. 국경도 이념도 지킬 것 없는 새와 달리 사랑받기 위해서라도 사람은 지조를 지켜야 한다.

새를 철새와 텃새로 구분한다는 것쯤이야 알고 있었지만 철새도 '겨울새, 여름새, 나그네새, 떠돌이새, 길 잃은 새'로 나뉜다는 사실은 뒤늦게 알았다. 겨울새나 여름새는 어느 계절에 날아오고, 어디서 추위를 피하는지에 따라 쉽게 구분할 수 있다. 그러나 나그네새, 떠돌이새, 그리고 길 잃은 새가 뭘 가리키는지는 궁금하고도 흥미로운 명명命名이다.

나그네새는 이름 그대로 잠깐 왔다가 가는 새이다. 목적지가 우리나라가 아닌 이 새들은 가는 길에 잠시 들른다고 해 나그네새라는 이름이 붙었다. 익스큐즈 미, 하고 양해를 구하듯 우리 땅에 잠깐 볼일을 보러 온 새가 이들이다. 사람으로 말하자면 필요에 의해 우리나라를 방문하는 외국인과 같다. 물떼새가 대표적 나그네새이다.

반면 떠돌이새는 텃새와 마찬가지로 우리나라를 떠나

지 않고 사는 새이다. 한곳에 붙박여 살지 않고 여기저기 옮겨 다니며 산다고 해서 떠돌이새라는 이름으로 불린다. 꾀꼬리같이 아름다운 소리를 내는 새가 떠돌이새라는 것을 아는 순간, 나는 송창식의 노래 한 구절이 떠올랐다. "나는 피리 부는 사나이, 바람 따라 도는 떠돌이"라는 가사가 기억나는 그 노래는 젊은 시절 플루트를 연주하는 친구가 좋아하던 노래이다. 이탈리아 유학까지 하고 온 친구는 오랫동안 교향악단을 지휘하다가 은퇴하자 다시 플루트 연주를 시작했다. 연주를 안 하다가 하니 입술 근육이 풀려서 힘들다고 하던 친구 말이 생각난다. 입술에도 근육이 있다는 말을 처음 들은 것이다. 그러나 마음의 근육이 단단해야 우울증에 안 걸리듯 관악기 연주자에겐 입술의 근육도 중요한 연주 조건이다.

외국으로 여행 가진 않지만 계절에 따라 사는 장소를 옮기는 떠돌이새는 사람으로 치면 전세나 월세 없이 집을 옮겨 사는 것과 같다. 집값이 오르건 내리건 25년째 같은 집에 살고 있는 나 같은 사람이야 우직한 텃새라 할 수 있지만, 실직 기간을 포함해 직장을 대여섯 번씩이나 바꾼 것으로 따지면 텃새라기보다 떠돌이새가 더 적합한 명명일지 모른다. 자고 나면 집값은 하늘 높은 줄 모르고 올라가는데, 월세도 집세도 내지 않고 때 되면 보증금 없이 거주지를 옮길 수 있는 새들의 자유가 부러운 날들이다. 서울에 집이 없어 막히는 서울 길을 일주일에 네댓 번씩 오가야 하는 시간이 아깝기 때문이다. 오래 남지도 않은 인생에 1년이면 도대체 몇 시간을 길바닥에서 소모하는 것인가 하는 마음이 서울에 집 있는 형편을 부러워하는 것이다. 그러나 서울살이가 부러운 것은 사실 고궁과 유서 깊은 유적지와 언제나 전시회를 볼 수 있는 갤러리가 부러운 것이지, 천정부지로 올라간 집값이 부러운 것은 아니니 강남에 살지 않아 우울할 이유가 내게는 없다.

우울증이 없는 새들은 먼 길을 날아가는 날개의 근육만큼이나 마음의 근육 또한 단단할 것이다. 아, 아니다. 그건 인간인 나의 일방적 편견일지 모른다. 애정 결핍에 걸린 사랑앵무는 자신의 털을 뽑으며 자학한다고 하지 않는가. 공중을 날아다니는 새이건 조롱 속에 갇혀 있는 새이건 살아 있는 모든 것은 스스로 학대하지 않고, 우울하지 않고, 그저 사랑하고 사랑받아야 한다. 남도 아닌 제 자식을 학대하는 부모에 대한 뉴스가 심심찮게 눈에 띄지만, 그들 또한 어릴 적 사랑받지 못한 문제적 인간이니 자신의 깃털을 뽑는 앵무처럼 제 혈육을 못 살게 하고 괴롭히는 것이다. 그러나 아픔을 아픔으로 갚는 사람은 비참하다. 그들의 무지함은 비참한 동시에 가련하지만, 그 가련함은 누군가에게 돌이킬 수 없는 상처를 남기니 그야말로 씻기 힘든 죄악이다. 분노와 적개심의 권력을 갈아엎고 도탄에 빠진 나라를 일으켜 세우는 일도 위대하지만, 아픔을 화해와 용서로 갚는 사람 또한 위대하다 하지 않을 수 없다.

그런데 나그네새와 떠돌이새는 그렇다 치고 길 잃은 새는 또 무엇이란 말인가? 수만 리 먼 길을 날아다녀도 새들은 길을 잃지 않는다. 생체 내비게이션이 정확하게 길 안내를 하기 때문이다. 철새의 분류를 살펴보면 길 잃은 새는 원래 이 땅에 살지도 않고, 여행을 오지도 않는 새를 뜻한다. 사람으로 치면 철저한 외국인이다. 그들은 그 나라의 방식으로 생활하고, 그 나라의 문화만 알고 있으니 글로벌이 아니라 도메스틱인 부류이다. 도메스틱의 뜻을 찾아보면 '가정적'이라는 뜻도 있으니 그렇게 가정이라는 울타리 속에서만 살던 새 중에 태풍이나 천재지변으로 길을 잃고 낯선 타향까지 떠밀려오는 새가 바로 길 잃은 새이다. 뜻하지 않은 변고로 내비게이션이 작동 불능이거나 고장을 일으켜 날아온 길 잃은 새 중 관심을 끄는 이름은 '바람까마귀'다. 이름부터 바람기가 있으니 어찌 길을 잃지 않을 수 있겠는가. 그러나 길을 잃은들 그들에게 무슨 걱정이 있겠는가. 바람처럼 날아다니는 저들에겐 날개가 있는데.

날개가 있다고 해서 다 자유로운 건 아니다. 까마득한 하늘에 떠 있다 한들 지상에 마음이 묶여 있다면 자유롭지 못하다. 자유란 묶인 것 없는 마음의 상태를 뜻하는 말이지 날개가 있고 없고를 판단하는 말이 아니다. 자유란 가고 싶으면 가고, 머물고 싶으면 머물 수 있는 상태를 뜻한다. 누구도 가겠다는 나를 가지 못하게 막을 권리는 없다. 누구도 머물고 싶은 나를 머물지 못하게 할 권리도 없다. 그러나 어디 그런가. 현실은 결코 그렇지 않다. 주거의 자유가 있다지만 한평생 감당할 수 없을 정도로 집값은 오르고, 한 철 왔다 돌아가는 철새도 깃들일 곳이 있는데, 우리는 살고 싶은 곳에서 살 수 있는 자유를 박탈당한 지 오래이다. 도대체 무엇이 우리를 살고 싶은 곳에서 살 수 없게 하는가? 우리를 묶어놓는 것은 무엇인가?

사람을 묶어놓는 것은 많다. 무엇인가를 가장 오래가게 하는 방법은 바로 그것에 저항하는 일이라고 했다. 아무리 잊으려 해도 미운 사람은 좀체 잊을 수가 없다. 아무리 놓으려 해도 나를 힘들게 한 사건은 놓을 수가 없다. 역설적이지만 그것에 저항함으로써 우리는 그것에 묶인다. 용서할 수 없는 어떤 것이 있는 경우 그 대상은 자나 깨나 내 의식 속에 떨어지지 않고 들러붙어 있다. 놓을 수가 없기 때문이다. 그래서 무엇인가를 오래가게 하는 길은 그것에 저항하는 일이라는 역설이 성립하는 것이다. 저항이 우리를 묶어둔다.

계절 또한 마찬가지라 차가운 겨울에 저항하는 동안 봄은 오지 않는다. 왔다 하더라도 마음은 늘 봄이 아닌 겨울에 머물러 있다. 마음이 겨울인데 봄이 올 수 있겠는가. 봄은 언제나 마음에 먼저 온다. 겨울이 묶어놓은 차가운 사슬을 풀고, 내려놓은 커튼을 걷어야 봄은 온다. 봄의 꽃들이 냉혹한 겨울의 냉대를 용서하듯, 봄의 훈풍이 겨울의 혹독한 학대를 눈 녹이듯 녹여내듯, 용서하기 힘든 일을 용서할 때 우리는 비로소 우리를 묶어놓은 것들로부터 놓여날 수 있다. 새봄이 그냥 봄이 아니라 새봄인 것은 겨울의 냉정함을 온기로 녹여냈기에 그런 것이다. 묵은 것을 내려놓고 새것을 받아들였기에 그런 것이다. 혹독한 겨울을 용서했기에 우리는 봄을 새봄이라 부른다.

고독한 멜로디

머릿속에 자꾸 같은 멜로디가 반복해서 떠오를 때가 있다. 제목도 알지 못하는 멜로디를 따라가다 집을 지나 한참을 더 걸어갈 때도 있다. 언제 들었는지 알 길 없는 멜로디가 예고도 없이 떠올라 한순간 삶의 질서를 흩뜨려놓는 것이다.

살다 보면 참으로 고독한 순간이 있다. 삶의 절정에 있는 동안은 누구나 고독이라는 말의 절절함을 모른다. 여기저기 오라는 데가 많고, 만나자는 사람이 줄을 이어 기다릴 때는 고독을 사치스러운 감정으로 여긴다. 그러나 절정은 잠시이지만 고독은 잠시가 아니다. 고독이란 마치 이파리를 다 떨어뜨린 채 영하의 길 위에 서 있는 나목과 같다. 겨울이 지나야 비로소 새잎이 돋는 것이니 고독이란 차가운 냉기 속에서 스스로를 성찰하고 연마하는 일이다.

그렇게 고독하다고 느끼는 순간 멜로디가 떠오른다. 삶의 어느 모퉁이에서 만났는지 기억조차 할 수 없지만 계속해서 머릿속을 맴도는 멜로디에는 촉촉한 물기 같은 것이 배어 있다. 입속의 혀를 제자리에 둔 채 코로만 흥얼거리며 발길은 멜로디를 따라 어딘가로 흘러가는 것이다. 실제 그런 곡이 있기나 한 것인지 찾아본 적은 없다. 오선지를 펼쳐놓은 작곡가처럼 그것을 옮겨 적으려 한 적도 없다.

멜로디 이야기를 하니 떠오르는 작곡가가 있다. 이름이나 곡을 밝히면 대부분 "아!" 하고 알겠다는 시늉을 하는 그분은 내 대학 은사님이시다. 수업에 잘 들어가지 않아 유급까지 당한 열등생이며 낙제생이던 나를 불러놓고 "너, 수업에 잘 안 들어오니 좋은 학점을 줄 순 없고 C를 줬으니 그리 알아라"고 하시던 따뜻한 인품의 교수님이셨다.

은사님과 다시 만난 건 직장 생활을 시작한 지 10년째 되던 어느 날이었다. 음악 피디로 먹고살던 시절이라 유명 작곡가들에게 작곡을 의뢰할 기회가 생겼는데, 그때 은사님을 다시 뵙게 된 것이다. 은사님은 "가사는 네가 쓰라"며 흔쾌히 작곡에 대한 청을 받아들이셨다. 회갑을 맞이한 은사님의 기념 음악회 리플릿에 글을 쓴 것도 나였다. 열등생이 용케 살아남아 은사님을 기리는 글까지 쓴 것이다. "선생님을 생각하면 모차르트의 음악이 떠오릅니다"라고 쓴 글을 기억하며 나는 어려웠던 시절 말없이 격려와 도움을 주신 은사님을 회상했다. 그러나 말년에 은사님은 불운했다. 똑똑하고 능력 있는 의사였던 큰딸을 암으로 보낸 은사님께 찾아온 또 하나의 불운은 파킨슨병이었다. 파킨슨병이라면 이미 어머니를 통해 겪은 바 있는 나이지만, 불운은 다시 겪어도 여전히 불운일 뿐 면역력이 생기지 않는다.

요양원에 계신 은사님을 찾아간 날은 가을이었다. 처음이자 마지막 방문이었다. 보호자 없이는 바깥으로 나갈 수 없는 요양원에서 은사님은 답답해하셨고, 그런 그분을 휠체어에 태워 낙엽이 떨어지고 있는 공원을 한 바퀴 돌았다. 그러나 다시 찾아오겠다는 약속은 코로나19 때문에 무산되고 말았다. 마지막으로 뵌 그날 은사님은 요양원 구석방에서 피아노를 치셨다. 우여곡절 끝에 들여놓았다는 디지털피아노 앞에서 은사님은 구부러진 손가락으로 건반을 누르며 불운한 말년을 견디고 계셨던 것이다. 병으로 감각이 둔해진 입가로 침이 흘러내렸지만 의식은 변함없이 또렷했다.

요양원에 가시기 직전 집으로 와달라는 전갈을 받고 급히 달려간 일이 생각났다. 음악대학의 학장까지 지내시며 평생 클래식 음악을 가르치고 작곡하신 은사님께서 느닷없이 트로트 멜로디를 쓰신 뒤 내게 가사를 붙이라고 부른 것이었다. 순간 "인생은 결국 신파"라는 말이 떠올랐다. 아마 나 또한 어머니 간병에 지칠 대로 지쳐 삶이 비관적이던 때였기 때문에 그랬을 것이다. 은사님 또한 비감한 심경에서 트로트를 쓰신 것은 아닐까. 그 멜로디에 나는 "기쁨이 가고 또 슬픔이 지나가고 있네"라는 신파에 어울리는 노랫말을 붙였다. 손수 오선지에 심은 콩나물 대가리 즐비한 악보 위에 은사님은 '꿈속에'라는 제목을 직접 써넣으셨다.

지금 파주의 내 작업실 건반 위에 놓여 있는 그 악보를 나는 멀리 있는 후배에게 폰으로 찍어 보냈다. 은사님이 돌아가셨다는 소식을 들은 후배가 편곡해서 합창단이 부르게 하겠다며 보내달라고 한 것이다. 모차르트 음악원 출신인 후배 또한 은퇴 연주회를 했다는 소식을 전하며 "나이가 드니 트로트도 부르게 되더라고요"라고 했다.

간병인이 전한 바에 따르면, 돌아가시기 직전 은사님은 피아노 앞에 앉아 두 팔을 허공으로 들어 올린 채 지휘를 하듯 한동안 몸동작을 하셨다고 한다. 그 뒤 이상한 느낌이 들어 방으로 가보니 숨을 거두셨다는 것이다. 코로나19 때문인지 아는 얼굴 하나 보이지 않는 빈소를 찾은 내 머릿속으로 멜로디 하나가 흘러나왔다. 쓸쓸한 멜로디였다. 가족도 지인도 곁에 없는 임종을 생각하며 나는 인생은 참으로 고독한 것이라는 진부한 명제에 공감했다.

봄날의 해 질 무렵, 아니면 막 여름이 시작될 때쯤일까. 사람들이 웅성거리며 모여 있는 광장이 있고, 광장 끝에는 저녁 기도를 알리는 종소리가 들려올 것 같은 성당의 첨탑이 보이고, 빛바랜 건물의 계단에 걸터앉은 젊은 날의 내 모습이 실루엣처럼 보였다. 지나가는 사람들을 물끄러미 바라보는 그 순간 하모니카 소리 같기도 하고, 아득한 밤하늘을 건너오는 트럼펫 소리 같기도 한 멜로디가 들려왔다. 멜로디는 은사님이 내게 들려주던 그 곡 같기도 하고 아닌 것 같기도 했다. 어쩌면 그것은 작곡가인 은사님이 고독한 요양원에서 홀로 되씹고 되씹던 멜로디인지도 모른다.

삶의 끝에서 고독과 만난 사람은 살아온 생의 무게만큼 무거운 짐을 짊어질 수밖에 없다. 벗어버릴 수 없는 그 짐을 사람들은 번민이나 후회라고 이름 붙이기도 하지만, 그것은 그저 숙명 같은 것일 뿐 육체를 벗어나는 순간 사라지는 생의 몽상일지도 모른다. 피아노 앞에서 지휘를 하듯 두 손을 내저었다는 은사는 항거할 수 없는 죽음 앞에 절규와 같은 슬픔을 교향곡 연주하듯 지휘하려 하셨던 것일까? 왜 사람은 꽃처럼, 새처럼 흔적 없이 사라지지 못하고 남아 있는 가슴에 아픔을 남겨놓고 가는 것일까? 사람은 왜 태어나면 꼭 죽어야 하는지 라벨이 작곡한 〈볼레로〉처럼 끝없이 반복되는 머릿속 멜로디를 따라가다 그날 밤 나는 결국 잠을 이루지 못해 수면제를 먹어야 했다.

정말 어디로 가는 걸까?

오래전 방송국에서 피디로 근무하던 시절의 일이다. 피디란 방송 프로그램을 제작하고 연출하는 직업이지만, 방송에 출연할 인물을 찾아내고, 만나고, 기다리는 직업이기도 하다.

스튜디오에 앉아 방송에 출연할 손님을 기다리고 있는데, 현관 안내 데스크에서 어떤 분이 오셨는데 들여보내도 괜찮겠냐는 연락이 왔다. 늘 있는 일인데 새삼 왜 전화를 걸어 확인하는지 의아해서 나는 초대 손님인데 들여보내지 않고 왜 그러느냐고 되물었다.

안내 데스크 근무자의 대답은 이랬다. 어디서 오셨느냐고 물었더니 "집에서 왔다"고 한다는 것이다. 잘못 들었는가 싶어 다시 어디서 왔냐고 물었지만 여전히 집에서 왔다며 신원을 밝히지 않는다고 했다. 나는 곧바로 직원의 질문이 잘못되었다는 사실을 알아차렸다. 초대 손님은 조금 괴팍한 시인이었다. 그가 무슨 의도로 집에서 왔다고 대답하는지 알아차린 나는 아는 분이니 그냥 들여보내도 괜찮다고 말한 뒤 전화를 끊었다. 직원의 질문이 잘못되었던 것이다. 시인인 손님은 그 잘못된 질문에 의도적으로 정직한 대답을 한 것뿐이었다. 집에 있다가 온 사람한테 어디서 왔느냐고 묻는데 당연히 집에서 왔다고 하지 무엇이라고 대답하겠는가. 일종의 우문현답이었다.

오랜 세월이 지났지만 그때 그 일은 내 기억 속 어딘가에 자리하고 있었던 모양이다. 스튜디오로 들어온 시인을 보고 나는 무슨 조크를 그렇게 하시냐며 크게 웃었지만, 그 일은 내게 엉뚱한 각도에서 인생을 바라보게 했다. 우리는 정말 어디서 왔다가 어디로 가는 것일까?

세월이 흘러 어느 날 청와대 앞을 지나가던 나 또한 같은 일을 겪었다. 자동차를 세우고 검문하던 경찰관이 물었다. (지금은 그런 검문이 없어졌다.) "어디로 가십니까?" 그때 불쑥 떠오른 생각이 바로 집에서 왔다던 그 시인 이야기였다. 그의 그 엉뚱한 대답이 오랜 세월 사라지지 않고 내 기억 어딘가에 숨어 있다가 튀어나온 것이다. 자동차 창문 안을 기웃거리며 질문하는 경찰관을 향해 나는 대답했다. "똑바로 갑니다."

그 시절만 해도 그랬다. 경찰관이 지키고 서 있는 것은 지금도 마찬가지이지만 그때 궁정동이나 삼청동 길을 거쳐 청와대 앞을 지나가면 번번이 차를 세운 제복들이 그렇게 물어왔다. 남이 어디를 가건 말건 그게 뭐 그렇게 궁금한 것인지 제복 입은 그들은 늘 차를 세우고 어디로 가느냐고 묻곤 했다. 그러나 내겐 그들의 궁금증을 풀어줄 답이 없었다. 그 옛날 그 시인이 그랬던 것처럼 어디서 왔느냐고 물으면 집에서 왔다고 대답하겠지만, 어디로 가느냐고 묻는데 내가 가는 목적지를 가르쳐주고 싶은 마음이 들진 않았다. 가르쳐주고 싶지 않은 게 아니라 사실은 질문에 적합한 대답을 찾기가 어려웠다. 도대체 어디로 가는지 내가 어찌 안단 말인가.

하루에도 몇 번씩 그 앞을 지나다니던 시절엔 번번이 그런 의문이 들곤 했다. 저들이 그토록 궁금해하는 것에 대해 나는 아무런 답도 가지고 있지 않구나. 나는 정말 어디로 가고 있는 것일까? 번거로운 경찰의 질문과 상관없이 철학적 의문이 마음속 깊은 곳에서 뭉게구름처럼 일어나는 것이다. 철학과 출신만 선발해놓은 것인지 돌이켜보면 그 당시 청와대 앞의 경찰관들은 어디로 가느냐며 끝없이 철학적 질문을 반복했다. 권력이 바뀌고, 그 철학적인 사람들은 다 사라졌다. 지금이야 질문 없이 불철주야 자신의 임무를 다하기 위해 경비만 서는 사람들이 지키고 있지만, 존재의 근원을 고민하게 만들던 그들의 질문이 가끔은 그리울 때가 있다. 나는 정말 어디서 왔다가 어디로 가는 것일까?

다시 가을이

일찍 깨면 그만큼 시간이 많아진다. 그렇다고 더 사는 건 아니다. 눈만 떴을 뿐 의식이 잠들어 있는 한 더 산다고 하긴 힘들다. 깨어 있는 의식으로 산다는 건 인생의 주인으로 산다는 말이다. 내가 결정하고 책임지는 삶이며, 내가 모든 것의 근원이 되는 삶이 깨어 있는 삶이다. 감정과 분별심의 노예가 되어 사는 삶은 살아도 사는 것이 아니다.

일어나자마자 떠오르는 생각을 메모하며 하루를 시작한다. 무심한 가을이 다시 세상에 왔다. 올해도 어김없이 가을은 창밖의 벚나무잎을 붉은빛 파스텔로 칠해놓고 갈 것이다. 평화를 전하는 수행자이자 시인이기도 한 베트남 출신의 승려 틱낫한 스님의 시 중에 이런 구절이 있다.

"엄마를 잃는다는 건 우주 전체를 잃는다는 것."

지난해 가을, 그 우주 전체를 나는 잃었다. 긴 투병 끝에 도착한 종착역이지만, 출판사에 원고를 보내는 순간까지 지상에 계셨던 어머니가 그 원고가 실린 책이 세상으로 나오는 사이 이 별을 떠난 것이다. 한 권의 책이 세상에 나오는 그 짧은 시간에 지상의 존재 하나가 광활한 우주 어딘가로 위치 이동을 한 것이다.

치유란 '무엇인가를 온전하게 되돌려놓는 일이며, 일부가 아니라 전부를 받아들이는 것'이라고 했다. 내 어린 시절의 고향, 자란 뒤의 우주를 잃은 나 또한 치유가 필요하다는 사실을 깨달았다. 땜질하듯 일부만 수리하며 이어가던 삶을 어딘가로 온전하게 되돌려놓아야 한다는 자각을 한 것이다. 그런데 내가 나를 온전하게 되돌려놓아야 할 곳은 어디인가?

치유라는 말도 대중화하고 있다. 그만큼 오염되어 있다는 말이기도 하다. 그러나 참된 치유는 내면에서 일어나는 기적과 같다. 치유는 나 자신의 오염된 마음부터 정화하는 것이 우선이다. 우리가 치유해야 할 것은 집착과 욕망이 남아 있는 마음이지 물질에 불과한 몸뚱이가 아니다. 훌륭한 의사가 몸에 드러나는 병을 보고 마음을 짐작하듯, 마음이 먼저 치유의 대상이다. 때로는 순수한 마음이 무지일 때가 있다. 아무것도 모르는 무지를 순수함으로 착각하는 것이다. 나는 나의 무지를 물끄러미 그리고 한동안 바라본다. 참으로 순수한 마음은 깨어 있는 마음이다.

3년째 의료용 침대에 붙박인 채 꼼짝도 못 하고 벽만 보고 누워 있던 노모. 대소변을 받아내고 긴 머리를 감긴 후 잠깐 쉬러 나간 누이가 돌아오길 기다리며 나는 노래를 부르거나 하모니카를 불며 시를 쓰곤 했다. 가신 뒤 사용하던 휠체어를 반납하기 위해 병원을 향해 가며 참으로 인생이 덧없다는 사실이 마음을 찔러 눈시울이 젖었다.

움직이지 못하는 노모의
머리를 감기기 위해 고심하다
화단의 물뿌리개로 머리를 감겼다.
꽃처럼 화사하게 살지 못한
어머니의 한생이
임종을 앞에 두고 꽃이 되었다.

_김재진, 〈꽃〉

천수를 다하고 가신 어머니야 그렇다지만, 때 이르게 세상을 떠난 이의 전화번호는 차마 삭제할 수 없어 남겨둔다. 가버렸는지도 모른 채 지인에게 문자를 하고, 다가올 슬픔을 눈치채지 못한 채 우리는 하루를 산다. 아직 어둠이 채 물러가지 않은 새벽, 산책하기 위해 문을 열고 바깥으로 나간다. 때 이른 낙엽이 현관 앞에 떨어져 있다. 세월이 무심하다고 붉게 변할 저 잎들을 나무랄 수는 없다. 모든 것은 변한다. 가을이 앉아 있던 벤치 위엔 금방 또 겨울이 찾아와 자리 잡을 것이다. 적막한 액정 위로 안녕~ 마지막 이모티콘 날려 보내며 나는 마침내 지워야 할 번호를 삭제하고 만다. 모든 것으로부터 놓여난 그는 아마 저 하늘 어딘가에 있는 별로 돌아갔을 것이다.

우리 몸속의 호르몬 분비를 담당하는 내분비선은 행성의 움직임에 영향을 받는다. 점성학에서는 별자리에 따라 사람의 성품이 결정된다고 한다. 그러나 나는 내 별자리가 무엇인지 찾아볼 생각이 없다. 별 볼 일 없다는 말을 부정적으로 사용하는 세상에서 별자리를 찾아본들 어디다 쓰겠는가.

《도덕경》에서는 인생의 소중한 세 가지 보물로, 무한한 사랑과 검소함 그리고 누군가를 가르치려 들지 않는 마음을 꼽는다. 사랑이야 그릇이 이만큼이니 어쩔 수 없다 치더라도 검소함이야 애당초 사치를 좋아하지 않으니 조심하면 될 일이다. 배움이 짧은 만큼 가르칠 것도 없으니 끝까지 배워야지 하는 마음으로 살아갈 뿐이다. 별에 대해서 배우고, 인간에 대해서 배우고, 인간의 무력함과 인간의 강인함에 대해서 배우고, 살아 있는 동안 끊임없이 배우다가 세상을 떠나야지. 비록 내 별자리가 무엇인지 관심 두지 않지만, 죽은 뒤 별로 돌아간다는 말을 배격하진 않는다. 나 또한 별로 돌아갈 것이다. 눈앞의 모든 것이 무無로 끝나는 현실에서 돌아갈 별이 있다는 꿈은 아름답지 않은가. 그것이 설령 근거 없는 망상이라 해도 꿈은 꿈이며 마음의 위안이다. 먼저 간 사람들이 기다리고 있을 별들을 떠올리며 나는 나를 괜찮다, 괜찮다 위로해본다.

생의
정거장

넋 나간 표정으로 걷고 있는 여자를 발견한 남자가 인파 사이를 뚫고 나가 그녀를 붙잡는다. 바퀴 달린 가방의 손잡이를 잡아채며 남자는 손수건부터 꺼낸다. 눈물을 흘린 건지 여자의 속눈썹이 젖어 있다. 남자의 손에 얼굴을 맡긴 채 여자는 화난 사람처럼 굳어 있던 표정을 먼 곳 바라보듯 무심하게 바꾼다. 딱딱한 여행 가방에 걸터앉은 채 나는 두 사람의 모습을 지켜보고 있다.

공항은 붐비고, 분주한 사람들은 타인을 눈여겨볼 겨를이 없다. 여행을 와서도 또 여행을 가면서도 사람들은 늘 시간에 쫓긴다. 멈추는 곳마다 얼른얼른 사진을 찍고, 다음 장소로 이동하기에 바빠 생을 음미할 여유 따윈 찾고 싶은 생각이 없다.

티슈로 미리 눈물을 훔쳤는지 여자의 눈꺼풀 위엔 하얀 휴지 조각이 붙어 있다. 그런 여자를 보는 남자의 입꼬리가 올라가며 기가 막힌다는 듯 실소를 흘린다. 이런 바보, 하는 웃음을 신호로 토라졌던 여자는 이제 남자를 나무라기 시작한다. 끝이 빤한 둘 사이의 티격태격 말다툼을 바라보며 나는 문득 옛 생각에 잠긴다.

사랑에 빠진 순간 어떤 이는 생의 전부를 걸며 상대를 사랑한다고 말한다. 또 어떤 이는 번번이 깨어지면서도 번번이 다시 하는 사랑마다 모든 것을 걸었다고 과장된 소리를 낸다. 어쨌건 우리는 무엇인가에 한 번씩 생을 걸었다고 착각하는 젊은 시절을 겪는다. 그러나 더러는 사랑이 뭔지도 모르는 채 잘못 만난 인연에 질질 끌려가며 생을 낭비하거나, 자기 외에는 그 누구도 신뢰하지 않는 피곤하고 삭막한 삶을 살기도 한다. 인생은 뭔가를 진심으로 사랑하지 않는 사람에겐 결코 호의적이지 않다.

울던 여자는 어느새 웃으며 게이트를 빠져나간다. 떠나는 여자를 향해 남자는 손을 흔든다. 언제 토라졌냐는 듯 웃음을 터뜨리며 여자는 남자보다 더 크게 손을 흔든다. 남자는 문자를 보내고, 목적지에 닿는 순간 여자는 그 문자를 읽으며 싸우던 상대를 금방 그리워할 것이다. 그리워하는 동안 그들은 서로 사랑한다고 믿을 것이다.

그리움에 빠진 사람의 문자는 길고, 아무것도 그리워할 것 없는 사람의 문자는 짧다. 인생이 그러하듯 아쉬움 많은 사람의 이야기는 길고, 담담히 살아온 사람의 이야기는 겨울날 넘어가는 해의 꼬리만큼이나 짧기만 하다. 인생의 많은 것이 문자를 통해 전달되고, 문자를 통해 변형된다. 잘못 보낸 문자 때문에 이별을 작정하는 어리석은 사람과도 친구가 되는 것이 인생이다.

떠나고 돌아오는 사람, 만나고 헤어지는 사람을 지켜보는 것이 좋아 종종 공항에 나가 앉아 있던 시절이 있었다. 공항과 멀지 않은 동네에 살던 무렵의 일이다. 떠나고 돌아오는 사람들을 보며 나는 멀리 여행이라도 가듯 가슴 설레거나, 떠오르는 문장을 수첩에 적어 넣으며 기다릴 것 없는데도 기다리는 묘한 기다림 속에 삶의 한순간을 놓아두곤 했다.

여행은 결국 돌아오기 위해 가는 것이다. 모든 이별에 서운함이 묻어 있는 것은 아마 인생이란 여정이 결국 돌아올 수 없는 이별을 향해 나아가는 단 한 번의 여행이기 때문일 것이다. 그렇게 공항에 나가 이별과 만남을 지켜보던 중 뜻하지 않은 인연과 만난 적이 있다.

작가와 독자가 사적인 자리를 만들어 만나는 경우, 독자는 책을 통해 상상한 작가에게 실망하기 쉽고, 작가는 자신의 책보다 인간적인 어떤 면에 흥미를 갖는 독자가 부담스럽기 십상이다. 글과 삶이 일치하면 좋겠지만, 인생이 우리를 배반하듯 글 또한 작가를 배반하니 세상에 나오는 순간 글은 스스로 살아서 움직일 뿐 작가의 것이 아닌 걸 어찌하랴.

그녀 또한 공항에서 만났으면 좋겠다는 말을 덧붙이지 않았더라면 볼 생각을 하지 않았을지도 모를 일이다. 만나고 싶다며 연락하는 독자 대부분이 그러하듯 그녀도 나 스스로 좋아하는 시보다 이제 그만 잊혔으면 좋겠다고 바라는 시에 매력을 느낀 듯했다. 그러면서 꼭 하고 싶은 이야기가 있으니 공항에서 만나줄 수 없겠냐는 메일을 보내왔다.

조금 엉뚱하고 당돌하다는 생각도 들었다. 그러나 자신이 탄 비행기가 도착하는 시각에 공항에 나와 자기를 기다려줄 수 없겠냐는 제안에 끌려 나는 그녀의 청을 수락하고 말았다. 낯선 이메일 주소였지만 내용에서 뭔가 절박함 같은 게 느껴진 것이다. 그러겠다는 답신을 보내자 그녀는 또 한 번 인상적인 메일을 보내왔다. 자신의 폰 번호와 함께 '외로운 코발트블루' 빛깔의 옷을 입고 갈 테니 쉽게 알아볼 것이라는 내용이었다. 그냥 코발트블루가 아니라 외로운 코발트블루라는 말이 인상적이었다. 당시 그 표현이 얼마나 와닿았던지 이제 그녀의 얼굴을 떠올리려 해도 잘 생각나지 않지만, 그녀가 입고 있던 그 외로운 코발트블루의 옷 색깔과 세트로 맞춘 구두의 모양만은 아직도 기억에 선명하다.

그녀가 가르쳐준 그 외로운 코발트블루를 나는 그녀와 연락이 끊기고 많은 세월이 지난 어느 날 뜻밖에 제주도에서 다시 만났다. 그 당시 철거를 하느냐 마느냐 하는 문제로 사회적 관심거리가 된 건축물 '카사 델 아구아', 우리말로 풀면 '물의 집'이 바로 그것이다. 멕시코의 세계적 건축가 리카르도 레고레타가 설계한 카사 델 아구아의 기둥과 벽의 한쪽 면이 바로 강렬한 파란색이었고, 그것이 내게는 단순히 코발트블루라는 표현으로는 부족한, 외로운 코발트블루의 기억을 떠올리게 한 것이다.

세계적 거장의 기념비적 예술품을 법적 절차상의 문제를 이유로 철거하겠다는 발상에 깜짝 놀라 나는 내 눈으로 그 건축물의 아름다움을 확인하고 싶어 제주로 날아간 터였고, 그곳에서 생각지도 못한 외로운 코발트블루를 다시 만난 것이다. 지금도 레고레타의 건축물과 함께 코발트블루를 떠올리면 아스라한 추억이 되어 잊고 있던 그녀 생각이 난다. 어디서 뭘 하고 사는지……. 그때 공항에서 처음 만난 날, 그녀는 꼭 만나서 하고 싶다던 이야기를 내게 털어놓았다. 그러나 절박감까지 느낀 메일의 내용과 달리 그녀가 털어놓은 이야기는 내 쪽에서 보면 좀 황당한 것이었다. 처음 본 내게 자신이 오매불망 기다렸던 첫사랑 이야기를 했기 때문이다. 유학을 떠난 후 10년이라는 시간을 마음에 두고 있던 상대가 미혼부가 되어 딸 하나를 데리고 불쑥 그녀 앞에 나타났는데, 그 충격으로 정신과 치료를 받는 상태까지 갔다는 것이다.

그러나 그녀도 아마 그때는 지금보다 젊어서, 아니 어려서 그랬을 것이다. 미숙한 젊은 날엔 세상이 주는 상처가 더 크고 깊게 느껴지는 법이니까. 물론 그녀 같은 젊은 시절의 사랑을 미성숙한 것이라고 몰아붙일 수만은 없다. 미성숙한 만큼 그것은 어쩌면 때 묻지 않은 순수함을 지니고 있기에 고결할 수도 있다. 그러나 마음을 다해 사랑했다고 하지만, 그 사랑이란 것이 사실은 스스로의 좁은 세계에 대한 집착, 자기 자신의 믿음에 대한 집착인 경우를 우리는 젊은 날의 사랑에서 흔히 볼 수 있다.

지금 그녀가 어디에서 어떻게 살고 있는지 나는 모른다. 그러나 그 시절, 그 미숙했던 날들의 일에 대해 내가 이렇게 말한다면 지금의 그녀는 동의할 수 있을까? 그녀가 젊은 시절 자신을 태우며 기다린 그런 사랑은 환상이거나, 이타심이 기본인 사랑의 본질에서 벗어난 과잉된 감정이며, 사실은 자신이 믿은 것, 자신이 사랑한다고 생각한 것에 대한 집착 때문에 빚어진 일이라고. 사랑을 함으로써 우리는 더 풍요로워져야 한다. 사랑을 함으로써 우리는 더 확장되고 너그러워져야 한다. 풍요로워지지 않는 사랑은 사랑이 아니라 애착이며, 자신에게 상처를 입히는 모든 행위는 사랑이 아니라 또 다른 형태의 이기심이라고 말하면 세월이 흐른 지금 그녀는 과연 수긍할 수 있을까? 그때의 그녀는 그런 내 이야기를 선뜻 받아들이려 하진 않았다.

그녀로부터 연락이 끊긴 것은 그녀의 아버지가 갑자기 세상을 떠나고 난 뒤였다. 아버지의 사망과 함께 일체의 연락처를 삭제한 뒤 잠수해버린 것이다. 피아노를 전공한 그녀는 지금도 삶의 시간들을 건반을 두드리며 보내고 있을까? 시와 피아노와 외로운 코발트블루를 유난히 좋아하던 그녀는 그렇게 느닷없이 왔다가 소리 없이 내게서 사라져갔다. 그녀 스스로 연락하지 않는 한 만날 길이 없어져버린 나는 내 인생의 외로운 코발트블루를 속수무책으로 그렇게 과거 속에 방치할 수밖에 없었다.

그러나 세월이 점점 더 흐르면서 나는 그녀가 잘 살고 있을 것이라 믿게 되었다. 비록 근거 없는 믿음이었지만, 그것은 근거가 필요 없는 예감 같은 것이었다. 어쩌면 과거 속에 빠져 살던 그녀는 이제 과거로부터 벗어나 현실감 있는 삶을 살게 되었는지도 모른다. 나 또한 그녀에겐 과거의 인물이며, 과거는 의식 속에서만 존재하는 시간이니 그녀나 나나 우리는 이제 실재하는 사람이 아닌 것이다. 근거 없는 믿음이라 해도 언젠가부터 문득 그녀를 떠올리면 찾아오는 낙관적인 예감을 나는 좋은 신호로 받아들이기로 했다. 무심히 흘러가는 듯하지만 세월은 때로 고통에 힘들어하던 우리를 다시 일어서게도 한다.

각각의 개인으로 살고 있지만 우리는 모두 연결되어 있다. 단 한 번 잡았던 그 따뜻한 손길이 체온을 통해 연결되듯 마음의 연결을 통해 우리는 서로를 치유한다. 낱개로 떨어져 있는 것 같지만 우리는 한 번의 문자, 한 번의 전화로 하나가 되는 세상을 살고 있다. 나무의 뿌리가 땅 밑을 흐르는 지하수로 연결되듯 보이지 않지만 너와 나는 서로 연결되어 있다.

"인류는 잠들어 있다. 편협한 사랑이 주는 배타적이고 소소한 기쁨에 빠져 오랫동안 잠들어 있다"고 말한 사람은 신학자 떼이야르 드 샤르댕이다. 풍요로운 삶을 살기 위해 우리는 샤르댕이 말하는 편협한 사랑 속에 잠들지 말고 진정한 사랑으로 깨어나야 한다.

카사 델 아구아를 보기 위해 찾아간 제주도의 밤바다를 다시 찾을 때마다 나는 외로운 코발트블루를 생각한다. 세월에 힐링된 건지 나는 이제 아프지 않다. 웬만한 아픔이 와도 그것 또한 머지않아 지나갈 것이라는 사실을 수많은 경험을 통해 터득했기 때문이다. 그녀가 외로운 블루라고 말한 코발트블루보다 더 진한 블루를 캔버스에 칠하며 나는 시인의 삶과 화가의 삶이 교차하고 환승하는 생의 정거장을 바라보고 있다.